오 헨리를
읽다

세계문학을 읽다 9

오 헨리를 읽다

원혜령 지음

O. HENRY

머리말

인생이란 우리가 바라는 대로 순조롭게 흘러가지만은 않는다. 그러나 시간이 지나고 나면, 어떠한 고난도 견딜 만했고 생각만큼 가혹하지 않았다고 회상한다. 오 헨리도 그러했다.

오 헨리는 세계문학사에 크게 이바지한 작가로 평가받는다. 특히 단편소설 장르에서 그가 이룩한 업적은 대단하다. 미국문학사로 범위를 좁혀서 보더라도, 그는 미국 문예부흥 시대에 너새니얼 호손과 허먼 멜빌 같은 작가가 수립한 단편소설 전통을 계승하여 발전시켰다. 비단 미국문학에 그치지 않고 세계문학사에서도 단편소설에 끼친 그의 영향은 참으로 엄청나다. 한 비평가는 "오 헨리는 단편소설에 싱그러운 새바람을 불어넣음으로써 단편소설이라는 장르가 독자들로부터 받던 불신이나 모욕을 없애줬다."라고 말하기도 했다.

〈마지막 잎새〉라는 작품으로 우리에게 친숙한 오 헨리는 일상적인 삶과 밀접한 작품을 많이 썼다. 그의 작품들은 일상에서 겪고 느낀 일들과 누구나 공감할 만한 소재를 특유의 언어표현을 통해 그려내어 독자들에게 웃음과 감동을 준다.

그는 길지 않은 48년 생애 가운데 마지막 9년 동안 작품 활동을 했으며, 이 기간에 300편이 넘는 단편을 썼다. 놀라운 것은 그 대부분을 초기 2～3년 동안 폭발적으로 몰아 섰다는 것이다.

'미국의 모파상'이라 불렸던 작가, 단편소설을 본격적인 문학 장르로 끌어올렸으며 전 세계가 사랑한 작가, 오 헨리. 이 책에는 오 헨리의 단편 가운데 대표적인 작품들을 번역하여 실었다. 그리고 작품을 이해하는 데 도움이 될 만한 짤막한 해설도 덧붙였다. 이 책을 통해 오 헨리의 삶과 대표적인 단편들을 살피면서 그의 삶과 문학 세계, 그의 작품들이 지닌 의미와 가치를 발견할 수 있을 것이다. 이 책이 독자들의 손에 닿아, 짤막하지만 깊은 울림을 전하는 그의 단편들을 찾아 읽는 계기가 되었으면 좋겠다.

차례

Ø1

오 헨리의 삶과 작품 세계

1. 불운했던 오 헨리의 삶

가족을 잃은 불행

오 헨리의 본명은 윌리엄 시드니 포터(William Sydney Porter)로, 그는 미국 남북전쟁이 한창이던 1862년에 노스캐롤라이나주에서 3형제 가운데 둘째로 태어났다. 1865년 어머니가 동생을 낳고 나서 6개월 만에 폐결핵으로 숨을 거두었고, 엎친 데 덮친 격으로 남북전쟁이 남부의 패배로 끝나면서 아버지가 운영하던 병원도 타격을 입게 된다. 그러면서 아버지가 알코올 중독에 빠져 생활이 어려워지자 오 헨리의 가족은 할머니와 고모가 살고 있던 곳으로 이사했다. 이후 고모의 돌봄으로 어렵게 학업을 이어가던 오 헨리는 1879년 고등학교를 졸업하고 삼촌의 약국에서 조수로 일하다가 1881년에 약사 자격증을 딴다. 이어 약국에 취업해서 제임스 홀이라는 의사를 만나 좋은 인연을 맺게 되었고, 1882년 제임스 홀의 가족과 함께 텍사스로 떠난다.

오 헨리가 텍사스로 가게 된 데에는 건강상의 이유도 있었다. 오 헨리는 천식을 앓고 있었는데, 따뜻한 남부 지방에 가면 천식 증세가 조금이나마 나아질 것이라고 기대했던 것이다. 텍사스에서 그는 제임스 홀의 아들인 리처드 홀이 운영하던 목장에서 목동 일을 시작했다. 그러면서 그곳에 모여든 여러 나라 이민자들을 만나 그들로부터 프랑스어, 독일어, 스페인어, 민속 음악 등을 배우게 되었다고 한다.

오 헨리는 틈틈이 리처드 홀의 서재에서 《성경》은 물론 호머와 셰익스피어의 고전에 이르기까지 닥치는 대로 책을 읽었는데, 그럴 때면 늘 큼직한 《웹스터 대사전》을 옆에 놓고 읽었다고 한다. 그가 작품에서 보여주는 뛰어난 어휘 구사력은 아마도 이런 습관에서 비롯한 것이 아닐까 싶다.

그는 2년 뒤 텍사스주 중부에 있는 도시인 오스틴으로 거처를 옮겼는데, 거기에서 약사, 제도사, 은행 출납계 직원, 저널리스트 등 여러 가지 일을 하며 지냈다. 그러면서 자연스럽게 주위 사람들과 상황들을 자세히 관찰했고, 제도사로 근무할 때는 평소에 관심이 있었던 그림 실력을 한껏 발휘하기도 했다. 이곳에서의 여러 직업을 통해 보고 듣고 느꼈던 경험은 훗날 그가 작가의 길을 걷는데 소중한 자산이 되었다.

1887년 스물다섯이던 오 헨리는 아홉 살 어린 애솔 에스테스와 결혼한다. 그런데 결혼까지 이르는 과정이 쉽지만은 않았다. 상대가 부유한 집안의 딸인 데다가 당시 고등학생이었으며 폐결핵까지 앓고 있었기 때문이다. 또한 집안의 반대도 만만치 않았다. 그런 여러 가지 난관들을 뚫고 결혼했으나 첫아들이 태어나자마자 죽고 만다. 자신이 어린 시절 겪었던 가족의 죽음이 성인이 된 뒤에도 이어진 것이다.

오 헨리는 1890년부터 오스틴 은행에 근무했는데, 이때 《롤링스톤》이라는 잡지를 편집하여 발간하기도 했다. 은행을 그만둔 뒤에는 이 잡지의 발간에 더 정성을 기울였다. 남부의 생활과 그곳 사람들에 대한 이야기, 정치에 대한 풍자, 만화, 삽화 등과 함께 자신이 직접 쓴 단편과 스케치 등을 실었는데, 사실상 이 잡지를 통해 그는 작가로서의 가능성을 실험할 수 있었다. 그러나 아쉽게도 독자들의 반응이 시큰둥하고 잡지를 펴낼 자금도 부족해져 1년 만에 폐간할 수밖에 없었다. 그러나 뜻밖에도 이 잡지에 실었던 그의 글과 삽화가 '휴스턴 포스트' 신문 편집인에게 관심을 끌어, 그가 문필 활동을 계속하게 되는 데 소중한 이력이 되었다.

수감 생활과 작가의 시작

오 헨리가 은행원으로 일하던 때, 연말에 있던 은행 감사에서 그가 횡령 사건에 연루되었다는 사실이 밝혀졌다. 처음에 그는 횡령 사실을 부인했지만, 결국 멕시코를 거쳐 온두라스로 달아나 1년 동안 잠적하게 된다. 그러다가 1897년에 아내가 병으로 죽어간다는 소식을 듣고 자수하여 아내가 눈감는 걸 곁에서 지켜본 뒤에 재판을 받았다. 오 헨리는 결국 1898년 2월에 횡령죄로 5년 형을 선고받고 오하이오 교도소에 수감되었다. 그러나 수감 생활을 하는 동안 모범수로 인정받아 결국 3년 3개월 만에 풀려났다.

오 헨리가 정말로 공금을 횡령했는지는 정확히 밝혀지지 않았으나, 그가 도피함으로써 범죄 사실을 입증하는 결과를 낳아버렸다. 오 헨리는 훗날 한 친구에게 이에 대해, 인생의 가장 중요한 시기에 한 가지 치명적인 과오를 범했다고 털어놓은 적이 있다고 한다. 그 과오가 횡령 사실인지 도피 행각인지는 알 수 없으나, 그 당시 그가 근무하던 은행 직원들 대부분이 은행 장부를 소홀히 관리했던 것은 사실이라고 한다.

오 헨리는 비교적 편안하게 수감 생활을 했는데도, 내성적이고 예민했던 그는 수감 생활을 감당하기 어려웠다. 오 헨리가 수감되었을 당시 교도소에서 의사로 근무했던 존 토머스는 "수많은 죄수를 다루어왔지만 오 헨리처럼 수감 생활에 그토록 굴욕감을 느끼는 사람을 만나본 적이 없다."라고 회고했다. 실제로 오 헨리가 그의 장인에게 보낸 편지 가운데 이런 내용이 있다.

> 인간의 삶이 이처럼 가치 없는 것임을 예전에는 한 번도 상상하지 못했습니다. 이곳에서 인간은 영혼도 감정도 없는 짐승 취급을 받습니다.

그럼에도 불구하고 다행이었던 것은 글을 쓸 시간이 생겼다는 것이다. 오 헨리는 다른 수감자들과 떨어져 혼자 있을 수 있었는데, 그때 틈틈이 작품을 쓰기 시작했다.

그러던 중 1897년에 쓴 단편 〈라버 캐니언의 기적(The Miracle of Lava Canyon)〉을 1898년 9월에 '파이어니어 프레스'라는 신문에 발표하게 된다. 수감 생활을 하면서 집필에 몰두한 그는 전국적으로 발행되는 잡지에 모두 열네 편의 단편을 게재할 수 있었다.

이때 '오 헨리'라는 필명을 쓰게 되는데, 그 이유에 대해서는 여러 가지 이야기가 전해지고 있다. 그가 기르던 고양이 이름이 '오 헨리'였는데, '헨리'라고 부르면 들은 척도 안 하다가 '오 헨리'라고 불러야 관심을 가졌다는 이야기, 교도소 복역 당시 교도소의 간수인 '오린 헨리'의 이름을 따왔다는 설, 그가 복역했던 오하이오 교도소(Ohio penitentiary)의 첫 자음과 끝 철자의 조합이라는 설 등 다양하다.

그중에서도 가장 유력한 설이 교도관장 오린 헨리의 이름을 땄다는 것이다. 교도소에서부터 '오 헨리'라는 필명으로 꾸준히 단편을 발표했기 때문이다. 그는 죽기 전 마지막 10년 동안 '윌리엄 S. 파커'를 비롯하여 'S. H. 피터스', '텐 아이크 화이트', '제임스 블리스', '존 아버스넛' 등 여러 가지 필명을 사용했지만, 세계문학사에는 '오 헨리'라는 필명으로 길이 남게 되었다.

뉴욕의 의미와 작가의 마지막

1901년 오 헨리는 수감 생활을 마치고 장인과 딸 마거릿이 살고 있는 펜실베이니아주 피츠버그에서 몸을 추슬렀다. 그러고 나서 그가 향한 곳은 뉴욕이다. 뉴욕의 한 잡지사에서 오 헨리의 글을 싣고 싶다는 연락을 받고 뉴욕으로 거처를 옮긴 것이다. 남북전쟁이 끝나고 산업화가 본격적으로 진행되면서 많은 사람들이 도시로 몰려들었는데, 이때 유럽의 이민자들도 뉴욕을 비롯한 대도시로 옮겨 갔다. 오 헨리도 이들의 대열에 합류한 것이다.

오 헨리는 처음 두 해 동안은 낯설어했으나, 점차 적응하면서 뉴욕에 깊이 뿌리를 내렸다.

> 고향의 산들을 100년 동안 바라봐도 아무런 아이디어를 떠올릴 수 없었다. 하지만 뉴욕 시내 한 블록만 걸어도 한 문장을 생각해 낼 수 있었고, 사람들의 얼굴에서 무엇인가를 떠올릴 수 있었다. 한마디로 이야기를 만들어낼 수 있었다.

오 헨리는 훗날 뉴욕에 정착하게 된 이유를 이와 같이 말했다. 허드슨 강기슭에 위치한 그리니치 구역, 그 가운데서도 한때 가난한 예술가들의 보금자리였던 동네에 오 헨리의 대표작 〈마지막 잎새〉의 주인공들이 살았고, 오 헨리 역시 소설 속 주인공들과 별반 다름없는 삶을 살았다. 고된 작업과 나빠진 건강, 금전적 압박, 거기다가 알코올 중독까지 겹쳐 텁수룩한 머리에 슬리퍼를 질질 끌면서 르피가로 카페까지 가서 싸구려 커피를 마시며 소설을 써 내려갔다.

뉴욕의 상징이라고 하면 맨해튼의 빌딩숲이나 리버티섬의 자유의 여신상을 떠올리겠지만, 오 헨리는 화려한 뉴욕이 아닌 서민들의 삶에 눈길을 돌렸다. 그는 뉴욕의 뒷골목에 사는 가난하고 불행한 사람들, 고독하거나 전과가 있는 사람들을 따뜻한 시선으로 바라보며 그들을 작품 속 주인공으로 삼아 감동적이고 온화한 인간미를 담아냈다.

오 헨리는 뉴욕에 살게 되면서 본격적인 작가로 활동했는데, 잡지에 단편들을 게재했고, 이 단편들을 모아 단편집을 출간하기도 했다. 그러다가 1907년에 세라 린지 콜먼(Sarah Lindsey Coleman)과 재혼했는데, 그 이듬해부터 건강이 나빠져 글쓰기를 중단했다. 엎친 데 덮친 격으로, 이때 재혼한 아내와 짧았던 결혼 생활을 마치고 이혼하게 된다. 그렇게 건강도 잃고 아내도 잃은 오 헨리는 1910년 6월 5일 유일한 가족인 딸 마거릿을 남겨두고 생을 마감했다. 이때 오 헨리는 딸에게 이런 유언을 남겼다고 한다.

Turn up the lights. I don't want to go home in the dark.

(불을 켜라. 어둠에 싸인 채 집으로 돌아가고 싶지 않다.)

오 헨리는 대도시 뒷골목에 사는 서민들의 고단한 삶에 위로가 되는 작품을 쓰는 순간만큼은 화려한 불빛 뒤에 가려진 외로움을 잊을 수 있었다. 그렇게 그는 짧고도 외로웠던 48년 인생의 '마지막 잎새'를 떨구었다.

2. 단편소설의 거장, 오 헨리의 작품 세계

오 헨리는 미국 현대문학사에서 중요한 위치를 차지하는 작가이다. 그는 에드거 앨런 포, 너새니얼 호손, 마크 트웨인 같은 미국 근현대 대표 작가들을 이어 19세기 말에서 20세기 초까지 미국 현대문학을 이끈 작가 가운데 하나이다.

오 헨리는 유독 단편소설을 많이 썼는데, 이는 단편소설이 '삶의 단면'을 보여주는 데 가장 알맞은 문학 장르이기 때문이다. 오 헨리는 그의 작품을 통해 미국인들의 삶 가운데 전형적이라고 할 만한 단면들을 포착하여 사실적으로 보여준다. 특히 20세기 초 뉴욕을 중심으로 한 대도시의 사회, 경제, 일상 등이 작품 속에 고스란히 묻어 있어, 당시 도시의 온갖 풍물과 관습을 연구하는 데에도 소중한 가치를 지닌다. 이러한 오 헨리는 세계문학사에서 단편소설의 수준을 한 단계 끌어올렸다는 평가를 받고 있다.

인물과 소재의 다양성

> 내가 쓴 모든 작품은 여행 중 우연히 목격한 실제 경험이다. 내 작중 인물들은 내가 알고 있는 실재 인물을 그대로 복제해 놓은 것이다.

오 헨리는 파란만장했던 삶을 살아오면서 보고 듣고 만난 구체적인 경험을 바탕으로 작품을 썼다고 한다. 그가 작품에서 다루는 인물들은 대부분 길거리나 시장바닥에서 흔히 볼 수 있는 사람들이다. 사무원, 점원, 웨이터와 웨이트리스, 경찰, 약사, 변호사, 예술가 지망생 같은 사람들이 대부분이며 노숙자, 도둑, 범죄자 같은 사회적 약자나 반사회적 인물들도 만날 수 있다.

그는 대체로 일상적인 경험을 작품의 소재로 삼았는데, 평범하고 특별하지 않은 일상도 그의 손에서 작품으로 피어났다. 한번은 뉴욕의 한 일간지 편집자가 그에게, 어떻게 해서 그렇게 다양한 작품의 플롯을 얻을 수 있느냐고 물었다. 그러자 오 헨리는 "눈을 돌리는 곳마다 이야기가 있습니다. 세상만사가 모두 작품의 소재가 됩니다."라고 대답했다고 한다. 그러면서 식탁 위에 놓여 있는 메뉴 한 장을 집어 들면서 "바로 이 메뉴에도 이야깃거리가 있습니다."라고 말하고는 〈식탁에 찾아온 봄〉의 줄거리를 바로 들려주었다고 한다.

이처럼 그는 다양한 소재들을 작품에 담았는데, 300편이 넘는 단편을 쓰다 보니 소재나 주제가 겹치는 경우도 더러 있다. 또한 그의 작품들이 삶의 문제를 깊이 있게 다루기보다는 수박 겉핥기 식으로 다루는 경우가 적지 않다는 평가를 듣기도 한다. 이는 그가 대부분의 작품들을 일간신문이나 잡지에 싣기 위해 썼다는 사실과 무관하지 않다. 어쨌든 신문이나 잡지에 실리는 글의 가장 큰 목적은 독자들에게 흥미를 주는 것이기 때문이다.

휴머니즘

오 헨리의 작품에는 거지나 노숙자 같은 밑바닥 사람들이나 범죄자도 등장하고 저임금에 시달리는 여성들도 자주 등장한다. 현실에서는 비록 힘들고 어렵게 살아가지만, 오 헨리의 작품에 그려지는 그들의 모습은 따뜻하고 인간적이다. 이는 오 헨리가 그들을 바라보는 시선과도 일치한다. 그는 가난하고 소외된 사람들, 힘겹고 외로운 사람들을 따뜻한 마음으로 감싸 안고, 그들의 약점과 한계를 너그러운 마음으로 이해하려고 노력했다.

> 내가 뉴욕시 상점 여점원들을 위해 시도하는 개혁 정책들은 오 헨리의 작품에서 아이디어를 얻은 것이다.
>
> – 루스벨트(미국 제26대 대통령)

오 헨리의 휴머니즘이 가장 잘 드러나는 작품으로 〈크리스마스 선물〉을 들 수 있다. 이 작품 속 주인공은 델라와 짐으로, 이들은 가난하게 살아가는 젊은 부부이다. 크리스마스이브에 그들이 가진 돈은 고작 1달러 87센트이다. 하지만 그들은 서로를 위해 크리스마스 선물을 준비한다. 아내인 델라는 고민 끝에 자신이 가장 소중히 여기는 머리카락을 팔아 시곗줄을 산다. 남편인 짐은 자신이 가장 아끼는, 아버지에게 물려받은 금시계를 팔아 아내에게 줄 머리빗 세트를 산다. 델라와 짐은 서로 선물을 주고받으며 더 이상 시곗줄과 머리빗이 쓸모없어졌다는 것을 알았지만, 둘은 서로의 마음을 확인하고는 행복해한다.

자본주의 시대를 살며 물질이 행복의 기준이자 조건이 되어버린 세상. 그러나 델라와 짐은 그런 세상에 당당히 맞서 진정 아름다운 인간의 모습을 보여줌으로써 독자들에게 감동을 전하고 있다.

오 헨리의 작품 가운데 우리에게 가장 잘 알려진 〈마지막 잎새〉에도 휴머니즘이 진하게 배어 있다. 폐결핵에 걸린 존시는 마지막 잎새가 떨어지면 자신도 죽을 거라며 삶에 대한 의지를 놓아버린다. 의사도 친구도 그녀의 마음을 돌릴 수 없었지만, 아래층에 사는 베어먼 씨가 자신을 희생하여 그녀의 마음을 돌린다. 비바람이 치는 날 밤, 이제 담쟁이덩굴의 잎사귀가 떨어질 것이고 그러면 존시는 삶에 대한 끈을 놓아버릴 것이다. 이에 베어먼 씨는 비바람을 맞으며 벽에 잎사귀를 그린다. 절대 떨어지지 않을 잎사귀를. 이튿날 존시는 비바람에도 떨어지지 않은 잎새를 발견하고는 살아갈 힘을 내게 된다. 그러나 안타깝게도 베어먼 씨는 사흘 동안 앓다가 결국 숨을 거두고 만다. 꺼져가는 어린 생명을 가만히 지켜볼 수 없었던 베어먼 씨의 그 숭고하고 인간적인 희생은 휴머니즘의 또 다른 모습이다.

점원아가씨

오 헨리의 작품에는 점원아가씨 혹은 이와 비슷한 사회 계층에 속한 노동자들이 자주 등장한다. 미국에서 산업화가 본격적으로 진행되고 자본주의가 성행하면서 자본가와 노동자 간의 빈부 격차가 심해졌다. 그러면서 자본가들은 상점 점원들이나 노동자들을 업신여기거나 하찮게 보는 경향이 없지 않았는데, 특히 여성 노동자들을 하대하는 태도는 더욱 심했다. 백화점이나 대도시의 큰 상점에서 일하는 여종업원들은 흔히 고아이거나 돈을 벌기 위해 시골에서 상경한 젊은 여성들이 대부분이었다.

> 비기스트 백화점에는 점원아가씨들이 3천 명이나 된다. 메이지는 그 중의 한 사람이었다. 나이는 열여덟 살이었으며, 신사용 장갑 매장의 점원이었다.
>
> –〈구두쇠 연인〉에서

백화점에서 일하는 여성이 무려 3천 명이나 된다니, 백화점의 규모가 얼마나 컸는지 짐작할 만하다. 백화점이 아무리 크다고 해도 한 백화점에 3천 명이나 되는 종업원이 근무하다 보면 여러모로 어려운 점이 많았을 것이다.

> 그는 이 백화점에서 마치 샤일록 같은 인물이었다. 무엇인가 꼬투리를 잡기 위해서 가게 안을 훑으며 돌아다닐 때, 그의 콧마루는 요금을 내고 지나가야 하는 유료 다리만큼이나 거북스러웠다.
>
> -〈구두쇠 연인〉에서

샤일록은 셰익스피어의 《베니스의 상인》에 등장하는 욕심 많고 인정머리 없는 유대인 상인이다. 백화점 여종업원들은 열악한 근무 조건에서 일하는 것으로도 모자라 샤일록 같은 매장 감독에게 시달려야 했다.

> 우리는 종종 '점원아가씨(shop-girls)'라고 부르는 소리를 듣는다. 하지만 그런 종류의 여성이 따로 있는 것은 아니다. 다만 상점에서 일하는 아가씨들이 존재할 뿐이다. 그들은 그렇게 생계를 유지한다. 그런데 왜 우리는 그들의 직업을 형용사로 사용할까? 그것은 공평하지 않은 일이다. 우리가 5번가에 사는 아가씨들을 '결혼아가씨(marriage-girls)'라고 부르지는 않으니까.
>
> -〈손질된 등불〉에서

오 헨리는 '점원아가씨'라는 용어를 쓰는 것을 못마땅하게 생각했다. 직장 여성에 대한 오 헨리의 태도를 읽을 수 있는 대목이다. 그리고 오 헨리는 여종업원들이 백화점을 찾아 돈을 소비하는 온갖 부류의 손님들을 상대해야 하기 때문에, 그 과정에서 그녀들이 느끼는 상대적 박탈감 또한 클 것이라 생각했다.

> 그것은 기만당한 여성들에 대한 조용하지만 경멸적인 반항의 모습이며, 다가올 복수에 대한 슬픈 예언의 표시이다. 그녀가 가장 크게 웃을 때도 그런 표정이 남아 있다. 러시아 농민의 눈에서도 이와 같은 모습을 볼 수 있다. 그리고 우리는 언젠가 가브리엘 천사가 우리를 단죄하러 올 때, 가브리엘의 얼굴에서 그 표정을 볼 수 있을 것이다.
>
> -〈손질된 등불〉에서

그런 박탈감이 때로는 '경멸, 반항, 복수, 슬픔' 등으로 이어지지만 그것을 표정에 드러낼 수는 없다. 오 헨리는 이런 점원아가씨들의 심정을 가난한 러시아 농민들의 표정에 빗대고 있다. 제정러시아 시대에는 황제나 귀족들이 농민들을 가혹하게 착취했기 때문에 농민들 대부분은 매우 궁핍할 수밖에 없었다. 그래서 당시 러시아 민중들 가운데 굶어 죽는 사람이 많았고, 참다못한 민중들이 계급 없는 사회를 바라며 혁명의 깃발을 들었던 것이다. 이와 연결지어 생각해 보면, 〈손질된 등불〉에 등장하는 점원아가씨들은 바로 부르주아 자본가들에게 착취당하고 핍박받는 프롤레타리아 인민대중이며, 그러한 현실을 뒤집어엎을 혁명의 씨앗인 것이다. 가브리엘 천사를 언급한 것 역시, 점원아가씨들을 착취한 자본가들에게 언젠가는 책임을 물을 것임을 암시하는 표현이라 짐작할 수 있다.

언어유희와 특유의 위트

오 헨리는 언어의 연금술사라고 할 만큼 비유나 말장난이 탁월하다. 그의 작품을 우리말로 번역하는 과정에서 표현의 묘미를 완벽히 살려내기는 어렵지만, 작품 곳곳에서 유머와 위트가 보석처럼 반짝인다.

그의 단편 〈예술의 대가〉에는 한 사기꾼과 그의 친구인 예술가가 나온다. 사기꾼이 친구를 사기 사건에 끌어들이려고 하지만 그 친구는 쉽게 응하지 않는다. 그러자 친구에게 "자, 이제 예술 대 예술의 이야기를 나누세."라고 말한다. 이 부분이 원문에는 "art to art talk"으로 표현되어 있다. 이는 상대방에게 마음을 터놓고 말하는 것을 뜻하는 영어 표현인 'heart to heart talk'을 바꾸어 말한 것이다. 친구가 예술가이기 때문에 원래 표현을 바꾸어 'art to art talk'이라고 말한 것이다. 이 두 표현은 발음에서도 거의 비슷한데, 그렇게 표현함으로써 두 가지 의미를 담아낸 것이다. 즉 친구로서 마음을 터놓고 허심탄회하게 말한다는 뜻과 예술가들끼리 마음을 터놓고 말한다는 뜻이 아울러 담긴 표현이다. 사기꾼은 남을 속이는 일도 일종의 기술이나 예술이라고 생각하고 있는 것이다. 영어 'art'는 라틴어 'ars'에 뿌리를 두고 있는 말로 'ars'는 본디 '기술'과 '예술'을 함께 일컫는 말이라고 하니, 오 헨리가 뛰어난 어휘력을 바탕으로 수사에 공을 많이 들였음을 알 수 있다.

오 헨리는 〈사랑의 헌신〉에서 주인공들이 살고 있는 뉴욕의 비좁은 아파트를 이렇게 묘사한다.

> 가령 서랍장이 쓰러지면 당구대로 쓰면 되고, 벽난로는 로잉 머신으로, 접는 책상은 여분의 침대로, 세면대는 업라이트 피아노로 쓰면 된다. 네 벽이 무너지면 당신과 당신의 델리아가 그 사이에 있을 수 있다. 그러나 불행한 가정이라면 집이 크고 넓어야 한다. 이를테면 금문교(Golden Gate)로 들어가 모자(hat)를 해터러스(Hatteras)곶에 걸고, 케이프혼(Cape Horn)에 망토(cape)를 건 뒤 래브라도(Labrador) 문(door)으로 빠져나갈 만큼.

부부가 비좁은 집을 돌아다니다 혹시 서랍장에 걸려 서랍장이 쓰러지면 당구대로 사용하면 될 것이고, 벽난로가 쓰러지면 로잉 머신으로 사용하면 그만이라는 말이다. 또한 책상이 걸리적거리면 또 다른 침대로 사용하면 될 것이고, 세면대가 쓰러지면 업라이트 피아노로 사용하면 될 것이라는 말이다. 더구나 혹시라도 네 벽이 무너지기라도 하면 부부가 이 사이에 꼭 끼게 되어 자연스럽게 포옹할 수 있을 거라고 말한다. 우리 고전소설이나 사설시조에서 보이는 말장난이나 해학적인 표현과 닮아 있다.

이어서 행복한 부부에게는 아파트가 아무리 비좁아도 상관없지만, 불행한 부부라면 아파트가 무척 넓어야 한다는 사실을 과장해서 말한다. 가령, 부부싸움을 한 뒤에는 서로 떨어져 있을 공간이 필요하기 때문에 아파트 넓이를 아메리카 대륙 전역으로 잡는다. 금문교가 있는 곳은 미국 서부의 끄트머리 태평양 연안이고, 해터러스곶은 대서양이 시작하는 동부 끄트머리에 있다. 케이프혼은 아메리카 대륙의 최남단에 있고, 래브라도는 아메리카 대륙의 최북단에 있다. 이렇듯 불행한 부부의 아파트는 그 정도로 커야 한다는 사실을 익살스럽게 표현하고 있다.

오 헨리의 작품들은 교묘한 반전, 말장난, 그리고 아이러니로 유명한데, 이들은 일상에서 예상치 못한 순간이나 가슴 아픈 순간들을 강조하는 데 사용된다.

〈크리스마스 선물〉에서 젊은 부부인 델라와 짐은 서로에게 크리스마스 선물을 사 주고 싶어 하지만 너무 가난해서 선물을 살 돈이 없다. 결국 델라는 그녀의 길고 아름다운 머리카락을 팔아서 시곗줄을 사고, 짐도 자신에게 소중한 금시계를 팔아 머리빗 세트를 산다. 이 이야기의 반전은 그들의 선물이 쓸모없게 되었지만 서로를 위한 그들의 사랑과 희생으로 그들의 관계가 더욱 깊어진 것이다.

또 다른 이야기인 〈붉은 추장의 몸값〉에서, 납치범들이 몸값을 받기 위해 조니 도셋이라는 어린 소년을 납치하지만, 조니는 납치범들을 끊임없이 성가시게 한다. 그래서 결국 납치범들은 조니의 아버지에게 돈을 지불하고 조니를 다시 돌려보낸다. 납치범들의 원대한 계획은 장난꾸러기 아이를 납치하면서 무참히 깨어진다.

이처럼 오 헨리의 작품들은 부조리한 일상을 유머와 위트로 재치 있게 그려낸다. 이는 그가 단편소설 장르에서 주요한 위치를 차지하는 까닭이며, 여전히 그의 유산은 독자들과 작가들에게 영감을 주고 있다.

트위스트 엔딩

오 헨리가 단편소설 전통에서 이룩한 가장 큰 업적은 역시 '트위스트 엔딩'이다. 트위스트 엔딩은 글자 그대로 독자의 기대나 예상을 뒤엎고 갑작스럽게 결말을 반전시키는 수법을 말한다. 프랑스 작가 모파상도 이 방법을 즐겨 사용했는데, 오 헨리를 흔히 '미국의 모파상'이라고 부르는 까닭도 이 때문이다.

오 헨리의 단편 가운데 〈크리스마스 선물〉이 대표적인 트위스트 엔딩이다. 예상치 못한 결말을 통해, 물질적 선물이 중요한 것이 아니라 서로에 대한 사랑과 헌신이 더 소중함을 이야기한다.

〈다시 찾은 삶〉은 금고털이범 지미 발렌타인이 감옥에서 풀려난 이후의 이야기를 다룬다. 출소하고 나서도 금고털이로 살아가던 그는, 도주하다 들른 조그만 마을에서 은행장의 딸을 보고 사랑에 빠진다. 그 뒤 이름을 바꾸고 구두 가게를 차려 성공하고, 마을 사람들도 그를 좋아한다. 하지만 그를 쫓던 형사가 몰래 그의 모습을 지켜보고 있었다. 하루는 은행장이 새로 들여온 금고를 사람들에게 자랑하는데, 한 아이가 거기 들어갔다가 갇히게 된다. 지미는 다시 금고털이범으로 돌아가 그 금고를 열고는 아이를 구한다. 이 모습을 지켜보던 형사는 지미의 선행에 감동받아 그를 체포하지 않고 마을을 떠난다.

이 이야기는 범죄자가 법망을 피하려는 이야기처럼 보이지만, 궁극적으로는 아이를 구함으로써 자신도 구원받고 두 번째 기회를 얻게 된다는 내용이다.

〈마지막 잎새〉도 트위스트 엔딩을 사용한 작품이다. 작중인물 존시는 폐렴에 걸려 심하게 앓고 있는데, 창밖의 담쟁이덩굴에서 마지막 잎이 떨어지면 자신도 죽을 것이라고 믿는다. 날씨가 추워지면서 담쟁이덩굴에서 잎이 하나둘씩 떨어지기 시작하고, 존시는 자신이 회복되지 못할 것이라고 점점 더 확신하게 된다. 폭풍우가 몰아친 다음 날, 존시는 마지막 잎새가 분명 떨어졌을 거라고 생각했지만 예상과는 달리 마지막 잎새는 폭풍우를 이겨내고 여전히 붙어 있었다.

하지만 그 잎새는 진짜가 아니었다. 아래층에 사는 한 늙은 예술가가 그녀에게 희망을 주기 위해 존시의 창문 밖 벽에 나뭇잎을 그려놓은 것이었다. 그 늙은 예술가는 비바람을 맞고 앓다가 끝내 숨을 거두고 말았다.

이처럼 오 헨리는 독자들을 놀라게 하거나 즐거움을 주기 위해 예상치 못한 반전을 즐겨 사용했다.

Ø2

오 헨리 작품 읽기

마지막 잎새

The Last Leaf, 1907

워싱턴 스퀘어 서쪽의 좁은 구역. 이곳은 길이 매우 복잡하게 얽혀 있고, '플레이스(places)'라고 불리는 작은 공간들로 나뉘어 있었다. 직선 길과 곡선 길이 어우러진 이 공간들은 색다른 느낌을 주는데, 하나의 길은 다른 길과 꼭 한두 번씩 교차한다.

한 예술가가 언젠가 이 거리에서 매우 유용한 가능성을 발견했다. 물감, 종이, 캔버스에 대한 청구서를 가진 수금원이 이 길에 들어선다면, 돈을 받기도 전에 되돌아 나가고 있는 자신을 발견하게 될지도 모른다는 것이다.

그런 이유로 예술인들이 묘한 고풍의 그리니치 빌리지로 모여들었다. 북쪽으로 난 창문, 18세기 풍의 박공지붕, 네덜란드식 다락방, 낮은 임대료를 찾아서. 그들은 6번가에서 머그컵 몇 개와 풍로 달린 냄비 한두 개를 사서 '예술인마을'의 일원이 되었다.

옆으로 넓은 3층 벽돌 건물 꼭대기에 수(Sue)와 존시(Johnsy)의 작업실이 있었다. '존시'는 '조애나(Joanna)'의 애칭이다. 수는 메인

주 출신이고, 존시는 캘리포니아주 출신이다. 그들은 8번가에 있는 한 식당의 공동식탁에서 만났다. 그들은 서로 예술, 치커리 샐러드, 옷소매 모양 같은 것들에 대한 취향이 너무나 비슷해 함께 작업실을 쓰게 되었다.

그게 지난 5월이었다. 그런데 11월에 의사들이 '폐렴'이라고 부르는 냉혹하고 눈에 보이지 않는 이방인이 예술인마을을 휩쓸었고, 얼음처럼 차가운 손으로 이곳저곳을 헤집었다. 이 약탈자는 동쪽 빈민가를 대담하게 활보하며 희생자를 수십 명씩이나 만들었다. 그리고 그 발걸음은 좁고 이끼 자욱한 플레이스의 미로를 가로질러 천천히 예술인마을을 덮쳐왔다.

폐렴 씨는 기사도를 지닌 노신사라고 부를 수는 없었다. 캘리포니아의 미풍에도 피가 마르는 연약한 여성은, 혈기 왕성하고 숨을 헐떡이는 늙은 사기꾼과 공정한 게임이 안 되었다. 그러나 폐렴 씨는 존시를 덮쳤다. 존시는 페인트를 칠한 철제 침대 위에 거의 꼼짝도 하지 않고 누워서 작은 네덜란드식 유리창을 통해 이웃 벽돌집 벽을 내다보았다.

어느 날 아침, 바쁜 의사가 텁수룩한 회색 눈썹을 움찔하며 수를 복도로 불렀다. 그러고는 체온계를 흔들면서 말했다.

"존시가 회복할 가능성은 열에 하나입니다. 그 가능성은 존시가 살고 싶어 하는 마음에 달려 있어요. 이런 식으로 장의사 옆에 줄을 서려고 한다면 어떤 처방도 소용없을 거예요. 이 어린 아가씨는 자기가 좋아지지 않을 거라고 믿고 있어요. 혹시 그녀가 관심 있어 하는 것이 있나요?"

"존시는 언젠가 나폴리만(灣)을 그리고 싶다고 했어요."

"그림? 소용없어요! 그녀가 더 관심 있어 할 만한 가치 있는 건 없나요? 예를 들면 남자라든가?"

이에 수는 주스 하프•가 퉁퉁거리는 것 같은 목소리로 말했다.

"남자요? 남자는 가치가 있지만…… 아니에요, 선생님. 남자는 아닌 것 같아요."

"음, 그렇다면 그건 안 되겠군요. 나는 내가 할 수 있는 모든 의학적 노력을 다 할 겁니다. 하지만 환자가 자기 장례식 행렬에 뒤따를 마차 수를 세기 시작한다면 의약의 효력은 절반씩 줄어들 거예요. 그녀에게 올겨울 유행할 코트의 새로운 소매 스타일 같은 것을 물어보도록 하세요. 그러면 열에 하나가 아니라 다섯에 하나의 가능성을 약속할 수 있습니다."

의사가 돌아간 뒤, 수는 작업실로 들어가 일본제 냅킨이 흠뻑 젖도록 울었다. 그러고 나서 화판을 가지고 휘파람을 불면서 아무렇지 않은 듯 존시의 방으로 들어갔다.

존시는 얼굴을 창문 쪽으로 향하고는 이불 밑에 꼼짝하지 않고 누워 있었다. 수는 존시가 잠든 줄 알고 휘파람을 멈췄다.

• 주스 하프(jew's harp) 유대인의 하프. 구금(口琴). 고대의 민속 악기로, 입에 물고 손가락으로 타는 악기.

수는 화판을 가지런히 놓고 펜화로 잡지의 소설에 넣을 그림을 그리기 시작했다. 젊은 화가들은 문학의 길을 닦는 젊은 작가들이 쓴 잡지 소설에 삽화를 그려서 예술의 길을 닦아 나가야 했다.

수가 소설 속 주인공인 아이다호의 카우보이가 마술(馬術) 쇼를 할 때 입는 승마복과 모노클(외눈안경)을 스케치하고 있을 때, 희미한 목소리가 여러 번 계속해서 들렸다. 수는 얼른 침대로 다가갔다.

존시가 눈을 크게 뜨고는 창밖을 내다보며 숫자를 세고 있었다.

"열둘"이라고 한 다음, 조금 뒤에 "열하나"라고 했다. 그리고 "열", "아홉", 이어서 거의 동시에 "여덟", "일곱".

수는 걱정스레 창밖을 내다보았다. 무엇을 세고 있을까? 보이는 것은 적막하고 황량한 마당과 몇 미터 떨어진 벽돌집의 텅 빈 벽뿐이었다. 뿌리가 비틀어지고 썩은 아주 오래된 담쟁이덩굴이 벽돌벽을 반쯤 올라와 있었다. 가을의 차가운 숨결이 덩굴의 잎새들을 떨궈버려, 뼈대가 된 가지만이 색 바래고 무너져가는 벽돌에 달라붙어 있었다.

존시는 "왜 그래?"라고 수에게 묻고 나서 속삭이듯 "여섯"이라고 했다.

"지금은 더 빨리 떨어지고 있어. 사흘 전에는 백 개쯤이어서 세는 데 머리가 아팠는데…… 하지만 지금은 쉬워. 하나 또 떨어졌네. 이제 다섯 개 남았어."

"뭐가 다섯 개야? 나한테도 말해줘."

"담쟁이덩굴에 붙은 잎새들. 마지막 잎이 떨어지면 나도 가야 해. 사흘 전부터 알고 있었어. 의사가 말하지 않았어?"

수는 강하게 부인하며 투덜댔다.

"그런 말도 안 되는 소리는 처음 들어봐. 철 지난 담쟁이덩굴 잎새가 네 건강이랑 무슨 상관이 있다고? 너는 저 담쟁이에 홀딱 빠진 모양이구나. 어떻든 바보 같은 소리는 하지 마. 의사 선생님이 아침에 나한테 그랬어. 네가 곧 건강해질 수 있다고 말이야. 정확히 말하면, 그 가능성이 십중팔구라고 했어. 그래, 그건 뉴욕에 사는 사람들이 전차를 타거나 새 건물을 지나가는 것과 거의 비슷한 확률이야. 수프라도 좀 먹어. 나는 그림을 좀 그려야 해. 그래야 편집자한테 돈을 받아서 너를 위해 와인도 사고, 식탐 많은 내가 먹을 돼지고기도 살 수 있으니까 말이야."

이에 존시는 창밖을 응시한 채 말했다.

"이제 와인을 사 올 필요가 없어. 또 하나 떨어졌네. 아니, 수프도 먹고 싶지 않아. 네 개 남았어. 어두워지기 전에 마지막 하나까지 떨어지는 걸 보고 싶어. 그러면 나도 가는 거야."

수가 존시를 향해 몸을 굽히며 말했다.

"존시! 내가 일을 마칠 때까지 눈을 감고 창밖을 보지 않겠다고 약속할 수 있니? 내일까지 그림을 갖다줘야 해. 그림만 아니면 블라인드를 내릴 텐데……."

그러자 존시가 차갑게 물었다.

"다른 방에서 그릴 수 없니?"

수가 답했다.

"여기 네 곁에 있는 게 더 좋아. 그리고 나는 네가 저 바보 같은 담쟁이덩굴 잎새를 쳐다보지 않았으면 좋겠어."

존시는 눈을 감고 쓰러진 조각상처럼 창백하게 누워 조용히 말했다.

"끝나는 대로 바로 말해줘. 마지막 잎새가 떨어지는 걸 보고 싶으니까. 기다리는 것도 지치네. 생각하는 것도 힘들어. 나는 손에 쥔 모든 것을 놓고 저 가엾고 지친 잎새들처럼 아래로 아래로 떨어져 내리고 싶어."

수가 대꾸했다.

"좀 자는 게 어때? 난 베어먼 씨한테 숨어 사는 늙은 광부 모델을 해달라고 부탁드려야 해. 오래 걸리지 않을 거야. 돌아올 때까지 아무것도 하지 마."

베어먼은 그들과 같은 건물의 1층에 사는 화가였다. 그는 60세가 넘었고, 작은 체구에다 사티로스• 같은 얼굴에는 미켈란젤로의 조각상 '모세'와 같은 길고 풍성한 수염이 나 있었다. 베어먼은 예술가로서는 실패했다. 지난 40년 동안 붓을 놀렸지만, 예술의 옷

• **사티로스**(satyr) 고대 그리스신화에 나오는 숲의 신. 얼굴은 사람을 닮았으나 두 개의 뿔이 달렸고 염소의 하반신을 한 모습.

자락 끝에도 닿지 못했다. 그는 늘 걸작을 그리려고 했지만, 지금껏 시작도 하지 못했다. 그는 최근 몇 년 동안 상업용이나 광고 그림 외에는 아무것도 그리지 못했다. 그는 전문 모델에게 줄 비용을 지불할 능력이 없는 젊은 화가들을 위해 모델 노릇을 하며 약간의 돈을 벌었다. 그 돈으로 술을 진탕 마셨고, 여전히 앞으로 나올 걸작에 대해 이야기했다. 그는 다른 사람들에게는 쌀쌀맞은 노인네였다. 누군가에게 부드럽게 대하는 것을 몹시 꺼렸는데, 위층 작업실의 두 젊은 예술가에게만큼은 그들을 보호하는 특별한 수호자임을 자처했다.

수는 아래층에 내려가 어두컴컴한 조명 밑에서 진한 술냄새를 풍기고 있는 베어먼 씨를 발견했다. 한쪽 구석의 이젤에는, 걸작이 탄생하는 첫 터치를 25년 동안 기다려 온 빈 캔버스가 놓여 있었다. 수는 베어먼 씨에게 존시의 공상에 대해서 이야기했다. 그리고 삶에 대한 의지가 점점 약해지면 잎새처럼 가볍고 연약하게 떠내려가게 될까 봐 두렵다고도 했다.

베어먼 씨는 눈시울이 붉어진 채 눈물을 흘렸고, 그런 멍청한 상상에 대해 경멸과 비난의 목소리를 높였다.

"담쟁이덩굴 잎새가 떨어지면 죽는다고 생각하는 어리석은 사람이 세상에 어디 있어? 말도 안 되는 소리야. 지금은 한가하게 은둔자 모델 노릇이나 할 때가 아닌 것 같군. 일단은 존시의 머릿속에서 바보 같은 생각을 없애는 게 중요해. 아, 불쌍한 어린 존시……."

그러자 수가 말했다.

"존시는 매우 아픈 데다가 나약해져 있어요. 열병이 존시의 마음을 병적으로 만들어 이상한 상상으로 가득 차게 했어요. 알겠어요, 베어먼 씨. 저를 위해 포즈를 취하는 데 관심이 없다면 그러지 않으셔도 돼요. 하지만 저는 베어먼 씨가 고약하고 늙은…… 무책임한 사람이라는 생각이 드네요."

이에 베어먼 씨가 소리쳤다.

"당신도 어쩔 수 없는 여자군! 누가 모델을 하지 않겠다고 했나? 자, 갑시다. 나도 갈 테니까. 나는 30분 전부터 포즈를 취할 준비가 되었다고 말하려고 했어. 맙소사! 여기는 존시 같은 착한 사람이 병들어 누워 있을 곳이 아니야. 내가 언젠가 걸작을 그리게 되면 우리 모두 여기서 떠나요. 정말로!"

그들이 위층으로 올라갔을 때, 존시는 잠들어 있었다. 수는 블라인드를 내려 햇빛을 가리고, 베어먼 씨에게 다른 방으로 가라고 손짓했다. 그곳에서 그들은 창밖으로 걱정스레 담쟁이덩굴을 내다보았다. 이제 담쟁이덩굴 잎새가 정말로 몇 개 안 남아 있었다. 두 사람은 한동안 말없이 서로를 마주 보았다. 차가운 비가 눈과 섞여 쉴 새 없이 내리고 있었다. 베어먼은 낡은 파란색 셔츠를 입고 뒤집힌 주전자를 바위 삼아 앉아 은둔자 광부의 포즈를 취했다.

다음 날 아침, 수가 한 시간쯤 자고 일어났을 때 존시가 생기 없는 눈을 크게 뜨고는 내려진 녹색 블라인드를 쳐다보고 있는 것을 발견했다.

수를 보자 존시가 나지막하게 말했다.

"블라인드를 올려줘. 보고 싶어!"

수는 어쩔 수 없이 그렇게 했다.

그런데 어찌 된 일일까! 밤새도록 세차게 몰아친 비와 거센 바람에도 담벼락에는 담쟁이덩굴 잎새 하나가 여전히 달라붙어 있었다. 그것은 담쟁이덩굴의 마지막 잎새였다. 여전히 줄기 쪽은 짙은 녹색이었고, 톱니 모양의 끝부분은 녹아내리거나 썩어서 노란색으로 물들어 있었다. 그 마지막 잎새는 땅에서 약 20피트쯤 높이의 가지에 용감하게 매달려 있었다.

존시가 말했다.

"마지막 잎새야. 틀림없이 밤사이에 떨어졌을 거라고 생각했어. 바람 소리가 계속 들렸거든. 아마 오늘 떨어지겠지. 그리고 나도 같이 죽게 될 거야."

수는 지친 얼굴을 베개에 기대며 말했다.

"제발, 제발 좀! 네 생각만 하지 말고, 내 생각도 좀 해줘. 나더러 어떡하라고?"

그러나 존시는 대답하지 않았다. 존시는 신비하고 먼 여행을 떠날 준비를 하고 있는 세상에서 가장 외로운 영혼이었기 때문이다. 우정이든 세속의 일이든 그녀를 묶고 있던 끈이 하나씩 풀어질수록 헛된 생각이 더욱 강하게 그녀를 사로잡는 것 같았다.

날이 저물어 해 질 녘이 될 때까지 담쟁이덩굴 잎새가 여전히 달라붙어 있었다. 이윽고 밤이 되자 북풍이 다시 불어왔고, 비도 계속 창문을 두드리며 낮은 네덜란드식 처마를 타고 후두둑 떨어졌다.

날이 밝아오자 존시는 무정하게 블라인드를 올려달라고 졸랐다.

담쟁이덩굴 잎새는 여전히 거기에 있었다.

존시는 누운 채로 오랫동안 그것을 바라보았다. 그러다가 가스난로 위에 닭고기 수프를 끓이고 있는 수에게 말했다.

"내가 나빴어, 수! 무엇인가가 마지막 잎새를 저기 머물게 해서 내가 얼마나 잘못 생각하고 있었는지 알려준 것 같아. 죽기를 원하는 것은 죄야. 나에게 수프를 좀 줘. 그리고 약간의 포도주를 탄 우유도. 아, 아니야. 먼저 손거울을 좀 갖다줘. 그리고 베개를 몇 개 챙겨주면 기대고 앉아서 네가 요리하는 걸 지켜볼게."

그리고 한 시간 뒤에 존시가 말했다.

"수, 언젠가는 나폴리만을 그리고 싶어."

오후가 되자 의사가 왔고, 수는 핑계를 대고 복도로 나갔다.

의사는 가늘고 떨리는 수의 손을 잡으며 말했다.

"이제 치료만 잘하면 나을 수 있겠어요. 나는 이제 아래층에 있는 또 다른 환자를 살펴봐야 해요. 베어먼이라는 사람인데, 화가인 것 같아요. 그도 역시 폐렴이에요. 늙고 약한 데다가 갑자기 병이 난 모양이에요. 아무래도 희망이 없지만, 오늘 병원에 가서 좀 편하게 쉬게 해드리려고요."

그날 오후, 수는 존시가 누워 있는 침대 곁으로 갔다. 존시는 엄청 파란 털실로 별 필요도 없을 것 같은 목도리를 뜨고 있었다. 수는 한 팔로 그런 존시를 왈칵 끌어안으며 말했다.

"너한테 할 말이 있어. 베어먼 씨가 폐렴으로 오늘 병원에서 돌아가셨대. 겨우 이틀 앓았을 뿐인데. 병이 나던 날 아침에 관리인이 아래층 베어먼 씨 방에서 고통에 신음하던 그를 발견했대. 그때 베어먼 씨의 신발과 옷은 흠뻑 젖어서 차갑게 식어 있었대. 그런데 베어먼 씨가 그렇게 비바람 치던 밤에 어디를 갔다 온 건지는 아무도 몰랐대. 그런데 방 안에 불이 켜진 랜턴, 헛간에서 끌어온 사다리, 흩어져 있는 붓, 녹색과 노란색 물감이 섞인 팔레트가 있었어. 창밖을 봐. 벽에 붙은 담쟁이덩굴의 마지막 잎새를 말이야. 왜 바람이 불어도 펄럭이거나 움직이지 않는 건지 이상하지 않았니? 아, 존시! 저게 베어먼 씨의 걸작이야. 그는 마지막 잎새가 떨어지던 날 밤 벽에다 저걸 그렸어."

작품 들여다보기

이 작품은 우리에게 너무도 잘 알려진 오 헨리의 대표작이다.
폐렴에 걸려 삶에 대한 의지를 잃어버리고 담쟁이덩굴 잎과 자신의 운명을 동일시하는 존시, 그런 존시를 안타까워하며 돌보는 수, 존시가 삶의 끈을 놓지 않도록 자기를 희생하여 '마지막 잎새'라는 걸작을 남긴 베어먼.

존시는 얼마 남지 않은 담쟁이덩굴의 잎새가 모두 떨어지면 자신도 죽게 될 것이라는 절망적인 믿음에 빠진다. 수와 베어먼은 말도 안 되는 얘기라고 생각했지만, 두 사람이 존시의 상황에 대처하는 자세는 사뭇 달랐다.

수는 존시의 관심을 다른 데로 돌리기 위해 노력했지만 별다른 성과가 없었다. 반면, 베어먼은 좀 더 직접적이고 창의적인 방법을 생각해 낸다. 베어먼은 폐렴에 걸린 존시에게 삶의 의지를 불어넣고자 벽에 담쟁이덩굴의 잎을 그리기로 한 것이다. 베어먼은 존시를 논리적으로 설득하기보다는 그녀의 심정을 헤아리고는 그녀의 생각을 바꿀 수 있는 방법을 찾은 것이다. 잎새가 떨어지지 않고 남아 있다면 존시의 삶도 계속될 테니까. 그리고 끈질기게 살아남아 있는 마지막 잎새를 보며 자신도 그 잎처럼 버티고 살아낼 마음을 먹을지도 모르니까.

비록 겨울에는 잎사귀가 모두 지고 말지만, 다시 봄이 되고 여름이 되면 잎사귀가 무성해지는 것이 자연의 이치다. 담쟁이덩굴 역시 마찬가지라서 존시로서는 다시 파랗게 살아날 담쟁이덩굴을 생각하며 삶에 대한 의지를 다질 수도 있었을 것이다. 그러나 그녀는 떨어지는 잎을 보며 몰입하는데, 아마도 존시는 잎 때문에 삶의 의지를 잃은 것이 아니라 살고자 하는 의지를 잃었기 때문에 담쟁이덩굴 잎에 자신의 운명을 결부시킨 것이 아닐까.

안타깝게도 존시는 기사도 없는 늙은 사기꾼인 폐렴과의 싸움에 져 이미 삶의 의지가 약해진 상태였기 때문에 하강의 이미지를 가진 떨어지는 잎새에 집중했던 것이다. 만약 그녀가 어떻게든 살아야겠다는 생각을 하고 있었다면 잎새 대신 벽에 굳건히 붙어 있는 담쟁이덩굴 그 자체에 집중하지 않았을까.

몸이 아픈 사람들은 심리적으로 매우 불안정하고 약해지기 마련이다. 그래서 조그만 희망에도 큰 기대를 품거나, 반대로 작은 절망에도 크게 낙담할 수 있다. 존시는 마음속에 이미 결론을 내려놓고 죽음에 집착하다가, 마지막 잎새를 통해 다시 살아볼 마음을 먹게 된다. 절망 앞에 굴하던 부정적 모습에서 그것을 극복해 내려는 긍정적 모습으로 변모한 것이다.

이 소설 제목인 '마지막 잎새'에서 '마지막'이라는 표현은 잎새에 해당되는 표현이기도 하지만, 베어먼에게 해당되는 표현이기도 하다. 평생을 무명 화가로 살아온 베어먼은 존시를 살리기 위해 잎새 그림을 그리고 나서 세상을 떠나게 된다. 그는 그림을 그리는 것에 평생을 바쳤지만 안타깝게도 이렇다 할 성과를 거두지 못한 채 죽음을 맞은 것이다.
그런데 그의 마지막 작품이라고 할 수 있는 담쟁이덩굴 잎새 그림이야말로 그가 평생토록 남기고 싶었던 '걸작'이라는 평가를 받게 된다.

"…… 저게 베어먼 씨의 걸작이야. 그는 마지막 잎새가 떨어지던 날 밤 벽에다 저걸 그렸어."

이 작품의 마지막 문장을 통해서 우리는 걸작이라는 것이 무엇인지에 대해서 생각해 보게 된다. 베어먼이 남긴 마지막 그림은 존시의 마음을 움직여 살고자 하는 의지와 희망을 가지게 만들었다. 사람의 마음을 움직이는 힘이 있는 작품을 걸작이라고 한다면, 베어먼의 그림이야말로 진정한 걸작이라 할 수 있을 것이다. 그리고 대부분의 예술가들도 그런 작품을 남기기 위해 치열한 사투를 벌이고 있지 않을까. 존시의 마음을 움직였고, 그것이 소중한 생명의 의지에 불을 붙였기에, 그것으로 베어먼은 예술가로서 만족해하며 편히 눈 감았을 것이다.

크리스마스 선물

The Gift of the Magi, 1906

1달러 87센트. 그게 전부였다. 그리고 그 가운데 60센트는 잔돈이었다. 이 잔돈은 식료품상이나 채소 장수, 푸줏간 사람들에게 악착같이 깎아 한두 푼씩 모은 것이었다. 그런 암묵적인 거래를 할 때마다 인색하다는 핀잔과 함께 얼굴이 벌겋게 달아올랐다. 델라(Della)는 돈을 세 번이나 세어보았다. 여전히 1달러 87센트였다. 내일이 크리스마스인데…….

허름하고 작은 소파에 주저앉아 엉엉 우는 것 말고는 할 수 있는 게 없었다. 그러는 동안, 인생은 흐느낌과 훌쩍거림, 훌쩍거림을 뛰어넘는 웃음으로 이루어져 있다는 생각이 들었다.

그녀는 1단계(흐느낌)에서 2단계(훌쩍거림)로 점점 진정되는 동안, 집을 한번 둘러보았다. 일주일에 8달러를 지불하는 가구 딸린 아파트. 정확하게 말로 표현할 수는 없지만, 거지나 노숙자들을 체포하는 경찰들을 위한 망루 같은 느낌은 분명히 있었다. 아래쪽 현관에는 편지가 한 번도 온 적이 없는 우편함이 있었고, 누가 눌러도 울리지 않는 초인종도 달려 있었다. 또한 거기에는 '미스터 제임스 딜링햄 영(Mr. James Dillingham Young)'이라는 이름이 적힌 명패도 있었다.

'딜링햄'은 그가 일주일에 30달러를 벌었던, 예전 잘나가던 시절에 얻은 이름이었다. 하지만 이제 수입이 20달러로 쪼그라들었고, '딜링햄'이라는 이름은 흐릿해져 겸손하고 주제넘지 않게 'D' 하나로 줄어들려고 진지하게 고민하는 것 같았다. 그러나 제임스 딜링햄 영이 집에 돌아와 위층으로 올라가면 그를 '짐(Jim)'이라고 부르며 꽉 안아주는 그의 아내가 있었다. 그녀는 이미 앞에서 소개한 '델라'이다. 어쨌든 그것은 매우 바람직한 일이다.

델라는 울음을 그치고 분첩으로 뺨을 두드렸다. 그러고는 창가에 서서 회색빛 뒤뜰의 회색빛 담 위를 걸어가고 있는 회색 고양이를 멍하니 바라보았다. 내일이 크리스마스인데, 짐에게 줄 선물을 살 수 있는 돈은 1달러 87센트밖에 없었다. 델라는 몇 달 동안 최대한 잔돈을 모아왔지만 결과는 그게 전부였다. 일주일에 20달러는 여유 있는 금액이 아니었다. 지출은 늘 델라가 계산한 것보다 더 많았다. 짐에게 줄 선물을 살 돈이 1달러 87센트뿐이라니!

델라는 짐에게 뭔가 좋은 선물을 하려고 계획을 세우면서 행복한 시간을 보냈다. 델라는 품질이 좋고, 진귀하면서도 값어치 있는 선물이었으면 좋겠다고 생각했다. 짐이 소유했을 때 영광스러워할 만한 가치가 있는 그런 것을 선물하고 싶었다.

방 안의 창문들 사이에는 기다란 거울이 하나 걸려 있다. 아마도 집세 8달러짜리 좁은 아파트에 걸려 있는 이런 거울을 본 일이 있을지도 모르겠다. 매우 날씬하고 민첩한 사람은 세로로 가느다랗게 비친 자신의 모습을 보고 빠르게 자신의 외모가 어떤 상태인지 정확히 알아볼 수 있을 것이다. 날씬한 델라 역시 그러한 기술을 터득하고 있었다.

델라는 갑자기 창문에서 몸을 돌려 거울 앞에 섰다. 그녀의 눈은 반짝이고 있었지만, 그녀의 얼굴은 20초도 안 되어 어두워졌다. 델라는 재빨리 자기 머리카락을 아래로 잡아당겨 최대한 길게 늘어뜨려 보았다.

당시 제임스 딜링햄 영 부부는 각자 매우 자부심을 가진 것들을 소유하고 있었다. 제임스에게는 금시계가 그랬다. 아버지가 물려준 것인데, 아버지는 할아버지에게서 물려받았다. 델라는 머리카락을 소중히 여겼다. 만약 솔로몬 왕의 왕비인 시바(Sheba) 여왕이 건너편 아파트에 살았다면, 그녀가 아무리 많은 보석과 선물을 가졌다 하더라도 델라가 머리를 말리기 위해 창문 밖으로 머리카락을 길게 늘어뜨린 것을 보고는 부러워했을 것이다. 그리고 지하실에 엄청난 보물을 쌓아둔 솔로몬 왕이 이 아파트의 관리인이었다면, 그는 짐이 지나갈 때마다 짐의 금시계를 보고는 부러워서 애꿎은 수염만 만지작거렸을지도 모른다.

길게 늘어뜨린 델라의 아름다운 머리카락이 갈색 폭포처럼 잔물결을 일으키며 빛났다. 그 머리카락은 무릎 아래까지 닿아 마치 갈색 외투를 입은 것 같아 보였다. 델라는 단호하고 빠르게 다시 머리카락을 끌어올렸다. 그러고는 잠시 비틀거렸고, 눈물을 흘리며 낡은 레드카펫 위에 가만히 서 있었다.

델라는 낡은 갈색 재킷을 입고 낡은 갈색 모자를 쓰고는 치마를 휘날리며 여전히 눈부시게 반짝이는 눈으로 다급하게 문을 나섰다. 그러고는 계단을 내려가 거리로 나갔다.

그녀가 발걸음을 멈춘 곳에는 '마담 소프로니, 모든 종류의 헤어 제품'이라는 간판이 있었다. 델라는 단숨에 뛰어 올라갔고, 가게 앞에 이르러 숨을 헐떡이며 마음을 가라앉혔다. 그곳에는 덩치가 크고 피부색이 매우 하얀 쌀쌀맞게 생긴 부인이 있었는데, '소프로니'라는 이름과는 잘 어울리지 않았다.

델라가 그녀에게 물었다.

"제 머리카락을 사주시겠어요?"

그러자 소프로니 부인이 말했다.

"제가 살게요. 모자를 벗고 머리카락을 한번 보여주시겠어요?"

갈색 폭포가 잔물결을 일으키며 아래로 떨어졌다.

소프로니 부인이 숙련된 손으로 머리카락을 들어 올리며 말했다.

"20달러 드릴게요."

"네, 빨리 계산해 주세요."

델라는 그 뒤 두 시간 동안 장밋빛 날개를 달고 여행했다. 비유가 적절한지는 모르겠지만, 아무튼 그녀는 짐의 선물을 사기 위해 여러 가게를 돌아다녔다. 그러다 마침내 짐에게 줄 선물을 찾았다. 그것은 분명, 오직 짐을 위해 만들어진 것이었다. 모든 가게를 뒤져보았지만 어떤 곳에도 이런 것이 없었다. 그것은 단순하고 깔끔한 디자인의 백금 시계줄이었다. 좋은 물건들이 그렇듯이, 단순한 모양이지만 그 자체만으로도 충분히 가치 있어 보였다. 짐의 시계와 잘 어울릴 것 같았다. 델라는 그것을 보자마자 짐의 것이라고 확신했다. 품격과 가치, 이는 사람과 물건 모두에 적용되는 표현이었다.

델라는 21달러를 지불했고, 잔돈 87센트를 가지고 서둘러 집으로 돌아왔다. 짐의 시계에 이 시곗줄을 채운다면, 그는 사람들 앞에서 당당하게 시간을 확인할 수 있을 것이다. 시계는 좋았지만, 어울리지 않는 낡은 가죽 줄 때문에 짐은 종종 시간을 남몰래 확인하곤 했었으니까.

델라가 집에 도착하자 흥분했던 마음이 조금씩 분별력과 이성을 되찾았다. 그녀는 고데기를 꺼내 뜨겁게 달군 다음, 사랑하는 마음이 만들어낸 보기 싫은 흔적을 손질하기 시작했다. 친구들이 이 일을 안다면 다들 엄청나게 놀랄 만한 사건이었다.

40분 만에 그녀의 짧은 머리는 촘촘한 웨이브로 뒤덮여, 마치 말썽꾸러기 남학생처럼 이상해 보였다. 델라는 거울에 비친 자기 모습을 한참 동안 자세히 바라보다가 중얼거렸다.

"짐이 나를 못살게 굴지만 않았으면……. 짐은 나를 보자마자 코니 아일랜드의 합창단원 같다고 할 거야. 하지만 어쩔 수 없었잖아. 1달러 87센트로 무엇을 할 수 있겠어?"

델라는 7시에 커피를 끓였고, 프라이팬은 가스레인지 위에서 뜨겁게 달궈져 고기를 요리할 준비가 되어 있었다.

짐은 결코 늦은 적이 없었다. 델라는 시곗줄을 꼭 쥐고 짐이 늘 들어오는 문 옆의 테이블 귀퉁이에 앉았다. 그러고 나서 델라는 1층 계단을 오르는 짐의 발걸음 소리를 들었고, 갑자기 얼굴이 창백해졌다. 그녀는 극히 단순한 일상적인 일들에 대해서 속삭이듯 기도하는 습관이 있었는데, 지금도 그랬다.

"하나님, 제발 그이가 나를 여전히 예쁘다고 생각하게 해주세요."

문이 열렸고, 짐이 들어와 문을 닫았다. 그는 창백하고 매우 심각해 보였다. 가엾은 친구, 스물두 살인데 벌써 가장이라는 짐을 짊어져야 하다니! 그는 새 외투가 필요했고, 장갑도 없었다.

짐은 메추라기 냄새를 맡은 사냥개처럼 집 안에 들어서서는 그대로 멈춰 섰다. 그의 시선은 델라에게 고정되었고, 델라는 그 시선의 의미를 읽어낼 수 없어서 두려웠다. 그것은 델라가 예상했던 분노, 놀라움, 못마땅함, 두려움 같은 것이 아니었다. 짐은 다만 묘한 표정으로 그녀를 빤히 쳐다보았다.

델라는 테이블에서 일어나 짐에게 다가가 외쳤다.

"짐, 나를 그런 식으로 쳐다보지 마. 당신한테 선물도 주지 않고 크리스마스를 보낼 수는 없어서 머리카락을 잘라서 판 거야. 머리카락은 다시 자랄 거야. 당신, 괜찮아? 나는 그럴 수밖에 없었어. 내 머리는 엄청 빨리 자라. '메리 크리스마스!'라고 말해줘, 짐. 그리고 우리 행복하게 보내자. 당신은 내가 당신을 위해 얼마나 근사하고 멋진 선물을 사 왔는지 모를걸."

짐은 아무리 생각해도 이해하기 어렵다는 듯이 힘겹게 물었다.

"당신 머리카락을 잘랐다고?"

델라가 답했다.

"머리카락을 잘라서 팔았어. 어쨌든 그래도 여전히 나를 좋아하잖아? 나는 머리카락이 없어도 나야. 안 그래?"

짐은 호기심 어린 눈으로 방을 둘러보고는 넋 나간 듯이 말했다.

"머리카락이 없어졌단 말이지?"

델라가 말했다.

"찾을 필요 없어. 팔았다고 했잖아. 팔아서 없어졌어. 크리스마스이브야, 여보. 당신을 위해 그런 거니까, 다정하게 좀 대해줘. 내 머리카락은 셀 수 있지만……."

그녀는 갑자기 매우 다정하게 말을 이었다.

"당신을 향한 내 사랑은 헤아릴 수가 없어. 이제 고기를 요리해 볼까, 짐?"

짐은 갑자기 비몽사몽 한 상태에서 깨어나는 것 같았다. 그는 델라를 껴안았다.

이제 약 10초 동안, 좀 벗어난 중요하지 않은 어떤 것에 대해서 한번 신중하게 생각해 보자. 일주일에 8달러와 일 년에 100만 달러, 차이점은 무엇일까? 수학자나 현인이라도 잘못된 답을 할 수 있다. 동방박사들이 귀한 선물들을 가져왔지만, 그것들 가운데도 이에 대한 해답은 없었다. 이 암흑에 쌓인 이야기는 나중에 밝혀질 것이다.

짐은 외투 주머니에서 꾸러미 하나를 꺼내 탁자 위에 놓으며 말했다.

"델라, 오해하지는 말아줘. 머리를 잘랐든, 면도를 했든, 샴푸를 했든…… 내가 당신을 좋아하지 않게 만들 수는 없어. 그 포장을 풀면 왜 내가 처음에 황당해했는지 알게 될 거야."

델라는 흰 손으로 얼른 끈을 풀고 종이를 뜯었다. 그리고 황홀한 기쁨의 비명, 이어서 '아!' 하는 탄성과 함께 순식간에 격정적인 눈물과 흐느낌으로 바뀌었다. 짐은 델라를 위로하기 위해 있는 힘을 다해야 했다.

델라가 브로드웨이의 쇼윈도를 보며 오랫동안 갖고 싶어 했던 빗 세트가 놓여 있었기 때문이다. 그것은 테두리에 보석이 박힌 천연 거북 껍질로 만든 아름다운 빗이었다. 델라는 그것이 비싼 빗이라는 걸 알고 있었다. 그래서 소유할 수 있다는 엄두도 내지 못하고, 단지 그것을 갈망하고 동경할 뿐이었다. 이제 그것을 갖게 되었지만, 빗어 넘길 아름다운 머리가 사라져 버렸다. 그러나 델라는 그것들을 품에 안았고, 마침내 눈물 어린 눈으로 짐을 올려다보며 미소를 띤 채 이렇게 말했다.

"짐, 내 머리카락은 엄청 빨리 자라."

그러고는 털이 그을린 조그만 고양이처럼 폴짝폴짝 뛰며 "오, 오!"라고 외쳤다.

짐은 자기가 받을 멋진 선물을 아직 보지 못했다. 델라는 그것을 손바닥 위에 올리고는 간절히 짐에게 내밀었다. 희끄무레한 귀금속에 그녀의 밝고 열렬한 영혼이 반사되어 더 빛나는 것 같았다.

"멋지지, 짐? 나는 이걸 찾으려고 온 마을을 돌아다녔어. 당신은 이제 하루에 백 번은 시간을 봐야 할 거야. 시계 좀 줘봐. 시곗줄이 잘 어울리는지 보고 싶어."

짐은 델라의 말에 따르지 않고 소파에 앉아 양손을 뒤통수에다 대고는 미소를 지으며 말했다.

"델라, 우리 크리스마스 선물은 잠시 치워두자. 지금 당장 사용하기에는 너무 근사해. 나 사실…… 빗 살 돈을 마련하려고 시계를 팔았어. 자, 이제 고기 요리를 하는 게 어때?"

알다시피 동방박사들은 말구유에 누워 있는 아기 예수에게 선물을 가져온 현자들이었다. 그들은 크리스마스 선물의 기원이 되었다. 그들은 현명했기 때문에 그들의 선물 또한 의심할 여지 없이 현명한 것들이었고, 선물이 겹쳤다면 다른 것과 교환할 수도 있었을 것이다.

그리고 여기서 나는, 서로를 위해 가장 소중한 보물을 가장 쓸모없이 팔아버린, 작고 허름한 아파트에 사는 두 어리석은 부부의 이야기를 대강 이야기했다. 그러나 오늘날 지혜롭다고 여기는 사람들에게 마지막으로 말하고자 하는 바는, 선물을 주는 모든 사람들 가운데 이 두 사람만큼 현명한 사람은 없다는 것이다. 선물을 주고받는 모든 사람들 중에서 그들이 가장 지혜롭다. 그들은 세상 누구보다 현명하다. 그들이 바로 동방박사(Magi)이다.

작품 들여다보기

이 작품은 가난한 젊은 부부가 서로를 위하는 마음으로 자신이 아끼는 것을 팔아 크리스마스 선물을 준비하는 이야기를 담고 있다.

1달러 87센트. 그게 전부였다.

이 소설의 첫 문장이다. 젊은 부부인 짐과 델라가 크리스마스이브에 처한 암울한 상황이다. 우리나라 돈으로 치면 2500원도 안 되는 것인데, 이게 전 재산이라니! 독자들은 이 첫 부분을 읽고 어떤 생각을 하게 될까? 대체로 가난, 비참함 같은 절망적인 상황을 떠올릴 것이다. 이는 제목인 '크리스마스 선물'에서 느낄 수 있는 기쁨, 설렘, 기대, 행복 같은 분위기와 대비되어, 독자들을 암울하고 비극적인 분위기로 끌어내린다.

하지만 가진 것 없는 그들에게도 소중히 여기는 것이 있었다. 델라의 긴 머리카락과 짐이 아버지에게 물려받은 금시계. 그러나 델라와 짐은 서로에게 줄 크리스마스 선물을 사기 위해 그것들을 팔아버린다. 그리고 아이러니하게도 델라는 짐을 위해 시곗줄을, 짐은 델라를 위해 머리빗 세트를 산다.
이 소설의 원제는 'The Gift of the Magi'로, '동방박사의 선물'이라는 뜻이다. 동방박사는 《성경》에 나오는 인물이다. 밤하늘의 별빛을 따라 먼 길을 달려온 그들은 오랫동안 구세주의 탄생을 기다려왔기에 아기예수의 탄생을 경배하며 귀한 선물을 바칠 수 있었다.
그렇다면 왜 소설의 제목을 '동방박사의 선물'이라고 했을까? 크리스마스가 예수가 태어난 날이니, 동방박사가 아기 예수에게 준 보물들은 최초의 크리스마스 선물인 셈이다. 그것도 아주 귀하디귀한 선물. 그런 점에서 짐과 델라가 서로를 위하는 마음으로 자신이 가진 것 가운데 가장 소중한 것을 팔아 마련한 크리스마스 선물은 동방박사가 아기예수에게 바쳤던 선물만큼 의미 있고 귀한 선물이라는 뜻이 아닐까?
오 헨리는 동방박사를 소설 속에 직접 언급하면서 '선물(Gift)'의 의미를 독자들에게 각인시키고 있다. 크리스마스 선물을 주고받게 된 기원인 동방박사들을 현명한 사람들이라 칭하고 그들의 선물 또한 틀림없이 현명한 것이라 말하며, 더불어 두 주인공의 어리석지만 애정 어린 선물을 동방박사의 선물만큼이나 현명한 것으로 추켜세우고 있는 것이다.
오 헨리는 이 소설에서 주인공의 비극적인 처지를 행동 묘사를 통해서 드러내는 동시에, 작가 자신의 목소리를 소설 사이사이에 넣어 독자들에게 전달하고 있다. 또 등장인물의 상황을 창문 밖에서 들여다보듯 그려나가는 방식을 통해 독자들과 등장인물 간의 거리를 좁히고 있다. 나아가 등장인물에 대한 동정적 태도를 직접 드러내기도 한다.
전지적 작가 시점의 경우, 등장인물의 심리 상태나 행동의 동기, 감정 등을 해설하고 분석해서 독자에게 제공하는 경우가 대부분인데, 이 소설은 주로 델라의 감정과 행동을 통해서 분위기를 자아낸다. 델라의 감정 묘사는 소설에 긴장감을 더해주고 곧 등장하게 될 짐에 대한 기대감과 불안감을 함께 자아

내게 한다. 이로써 독자들은 소설 속 인물들과 상호 작용하며 감정을 공유할 수 있게 되는 것이다. 이야기는 짐의 등장과 함께 극도의 긴장감을 자아내고, 전체 분위기의 전환을 가져온다. 짐의 이상야릇한 표정에 긴장하는 델라와 마찬가지로 독자들도 함께 긴장하며 이야기는 극에 달한다.

그리고 이야기의 후반에 짐의 머리빗이 등장하면서 <크리스마스 선물>이 극적인 반전을 맞는다. 오 헨리는 이야기가 전개되는 내내 주인공들이 처한 상황, 즉 '1달러 87센트, 주급 20달러, 8달러의 낡은 아파트, 몹시 야윈 몸' 등을 통해서 도시의 소외계층이 겪는 비극적인 현실을 드러낸다. 그러나 그 속에서도 서로 사랑하고 희생하는 젊은 부부의 밝고 행복한 모습으로 소설을 마무리한다. 스스로가 불행을 행복으로 바꿀 수 있는 주체적인 존재라는 것을 오 헨리 특유의 위트를 담아서 풀어낸 것이다.

사랑의 헌신

A Service of Love, 1906

누군가가 자신의 예술을 사랑하게 되면, 그것을 위해 어떤 희생도 마다하지 않는다. 이것이 우리의 전제이다. 이 이야기는 그 전제가 어떤 결론에 도달하는지, 동시에 그 전제가 틀렸음을 보여줄 것이다. 이는 논리학적으로 새로운 사건이 될 것이며, 중국의 만리장성보다도 더 오래된 스토리텔링 측면에서도 하나의 큰일이 될 것이다.

조 레러비(Joe Larrabee)는 회화에 뛰어난 자질을 타고났으며, 미국 중서부의 포스트오크(post-oak) 평야 출신이다. 그는 여섯 살 때, 한 저명인사가 자기 동네의 주유소를 급히 지나가는 것을 그렸다. 이 그림은 액자에 담겨 듬성듬성 알이 박힌 옥수수자루와 함께 약국 창에 걸렸다. 그리고 스무 살 때 그는 모아둔 돈을 가지고 넥타이를 휘날리며 뉴욕으로 떠났다.

델리아 캐러더스(Delia Caruthers)는 남부의 한 소나무가 우거진 마을에 살았는데, 6옥타브를 가볍게 넘나들었다. 친척들은 그녀의 대팻밥모자에 가득 찰 만큼 돈을 모아 주며, 큰 도시로 가서 성공하기를 바랐다. 그러나 친척들은 그녀가 성공했는지는 알지 못한다. 이것이 이어질 이야기의 내용이다.

조와 델리아는 미술이나 음악을 공부하는 많은 학생들이 모여서 명암법, 바그너, 음악, 렘브란트의 작품, 그림, 발퇴펠(Waldteufel)*, 장식 벽지, 쇼팽, 중국의 우롱차 등에 대해 토론하는 어느 아틀리에에서 만났다.

조와 델리아는 서로의 바람대로 사랑하는 사이가 되었고, 얼마 지나지 않아 결혼했다. 앞에서 말했듯이, 누구든 자신의 예술을 사랑하게 되면 어떠한 희생도 마다하지 않기 때문이다.

래러비 부부는 아파트를 얻어 살림을 차렸는데, 이 아파트는 외진 곳에 있었다. 마치 피아노 건반 왼쪽 끝에 놓여 있는 A# 건반처럼. 하지만 그들은 행복했다. 그들에게는 예술이 있었고, 사랑하는 사람이 있었기 때문이다. 부유한 청년들에게 내가 할 수 있는 충고는, 당신이 가진 것을 모두 팔아 가난한 사람들에게 주고, 당신의 예술과 당신의 델리아와 함께 살 수 있는 특권을 누리라는 것이다.

그 아파트에 사는 사람들은 두 사람의 삶이 진정한 행복이라는

* **에밀 발퇴펠**(Émile Waldteufel) 프랑스의 작곡가. 주로 무용음악 작곡가로 활동했다.

내 말을 인정할 것이다. 행복한 가정이라면 집이 좁아도 상관없다. 가령 서랍장이 쓰러지면 당구대로 쓰면 되고, 벽난로는 로잉머신으로, 접는 책상은 여분의 침대로, 세면대는 업라이트 피아노로 쓰면 된다. 네 벽이 무너지면 당신과 당신의 델리아가 그 사이에 있을 수 있다. 그러나 불행한 가정이라면 집이 크고 넓어야 한다. 이를테면 금문교(Golden Gate)로 들어가 모자(hat)를 해터러스(Hatteras)곶에 걸고, 케이프혼(Cape Horn)에 망토(cape)를 건 뒤 래브라도(Labrador) 문(door)으로 빠져나갈 만큼.

조는 누구나 그 명성을 알고 있는 유명한 선생님 밑에서 그림을 그렸다. 그의 수업료는 비쌌는데, 그에 비해 수업은 별거 없었다. 바로 이 점 때문에 그가 유명해진 것이다.

델리아는 로젠스톡(Rosenstock) 밑에서 공부하고 있었다. 알다시피, 그는 피아노 건반을 휘저어 놓는 것으로 유명하다.

조와 델리아는 돈이 있을 때는 매우 행복했다. 물론 냉소적으로 하는 말은 아니다. 그들의 목적은 매우 쉽고 분명했다. 조는 얇은 구레나룻에 두꺼운 지갑을 가진 노신사들이 그림을 사려고 그의 화실에서 서로 싸우는 모습을 하루빨리 보고 싶었다. 델리아는 음악으로 유명해지고 의기양양해져서, 만일 오케스트라 관람석이나 박스석이 다 팔리지 않으면 목이 아파 무대에 오를 수 없다고 하고는 개인 식당에서 랍스터나 먹는 삶을 꿈꿨다.

그러나 내가 생각하는 그들의 행복은 작은 아파트에서의 삶이었다. 하루의 공부가 끝난 뒤 둘이 나누는 열렬하고 수다스러운 대화, 신선하고 가벼운 아침 식사와 아늑한 저녁 식사, 밤 11시쯤에는 속을 채운 올리브와 치즈 샌드위치.

그러나 얼마 뒤, 그들의 예술에 대한 열정이 위기를 맞았다. 스위치맨이 멈추라는 신호를 보내지 않더라도 이런 일은 종종 발생한다. 속된 말로 나가는 돈만 있고 들어오는 것은 아무것도 없었다. 결국 수업료를 지불할 돈이 부족해졌다. 하지만 누구나 자신의 예술을 사랑하게 되면 어떤 희생도 마다하지 않는 법이다. 그래서 델리아는 먹고살기 위해서 학생들에게 음악 레슨을 할 거라고 말했다.

이삼일 동안 그녀는 학생들을 찾아다녔다. 어느 날 저녁, 그녀는 기분 좋게 집에 돌아와서 유쾌한 목소리로 말했다.

"조, 학생을 하나 구했어. 아주 사랑스러운 애야. 71번가에 사는 핑크니 장군의 딸이래. 조, 엄청 으리으리한 집이야. 당신이 그 집 대문을 한번 봤어야 하는데. 아마도 그걸 보면 당신은 비잔틴 양식이라고 할걸. 집 안은 어떻고! 나는 지금까지 그런 집을 본 적이 없어. 내 학생은 그의 딸 클레멘티나라고 해. 나는 벌써 그 애가 매우 사랑스러워. 연약해 보이는데, 늘 흰옷만 입는대. 그리고 다정하고 소박해. 지금 열여덟 살인데, 일주일에 세 번 수업하기로 했어. 그리고 생각해 봐. 한 번 가르치는 데 5달러야. 그 정도면 괜찮은 거 아냐? 학생이 두세 명 더 생기면 로젠스톡 선생님에게 다시 수업받을 수 있을 거야. 조, 이제 눈가에 주름 좀 펴고 즐겁게 저녁 먹자."

조가 식칼과 식탁용 손도끼로 완두콩 캔을 따면서 답했다.

"잘됐어, 델리아. 하지만 나는 어떡하라고? 내가 고상한 예술 세계에서 방황하는 동안 당신이 돈 버느라 허둥대도록 내버려둘 순 없잖아. 그건 죽어도 안 될 일이야. 신문팔이를 하거나 아니면 도로 공사하는 데 나가서 자갈이라도 깔면 1, 2달러는 벌 수 있어."

델리아가 다가와 조의 목을 껴안으며 말했다.

"조, 당신은 참 바보 같아. 당신은 공부를 계속해야 해. 내가 음악을 그만두고 엉뚱한 일을 하려는 것도 아니잖아. 나는 가르치면서 동시에 배우는 거야. 난 늘 음악과 함께 있다고. 그리고 우리는 일주일에 15달러만 있으면 백만장자처럼 행복하게 살 수 있어. 당신은 수업 그만둘 생각일랑 하지도 마."

조가 가리비 모양의 파란 채소 접시에 손을 뻗으며 말했다.

"알았어. 하지만 나는 당신이 학생들을 가르치는 게 싫어. 그건 예술이 아니야. 당신은 그 일을 하기에는 너무 아까워."

델리아가 대꾸했다.

"자신의 예술을 사랑하게 되면 어떤 희생도 마다하지 않는 법이야."

조가 말했다.

"선생님은 내가 공원에서 그린 스케치를 보고는 '하늘'을 칭찬했어. 그리고 팅클(Tinkle) 씨는 내 스케치 가운데 두 개를 그의 가게 진열창에 걸어도 좋다고 했어. 돈 많고 어리석은 사람이 본다면 하나 팔릴 수도 있어."

델리아가 다정하게 말했다.

"그럴 거라고 믿어. 그러니 이제 핑크니 장군과 이 구운 송아지 고기에 감사하기로 해."

그다음 주 내내 래러비 부부는 이른 아침 식사를 했다. 조는 센트럴파크에서 매일 '아침 풍경' 스케치에 열중했고, 델리아는 7시에 조에게 아침 식사를 차려준 뒤 격려·칭찬의 말과 함께 키스하며 그를 배웅했다. 예술은 마치 매력적인 연인과 같아서, 조는 거의 저녁 7시가 되어야 집에 돌아왔다.

주말에 델리아는 약간 자랑스러우면서 나른하게, 작은 아파트 거실의 중앙 테이블에 5달러짜리 지폐 세 장을 의기양양하게 내던졌다. 그러고는 조금 지친 듯이 말했다.

"가끔 클레멘티나가 나를 시험해. 나는 그 애가 충분히 연습하지 않는 것이 걱정되고, 같은 말을 여러 번 해야 해. 그리고 그 애는 늘 온통 흰색 옷만 입으니까 너무 단조로워. 하지만 핑크니 장군은 정말 좋은 사람이야. 당신이 그를 한번 만나볼 수 있으면 좋겠어. 그는 내가 클레멘티나와 피아노 수업을 할 때 종종 방으로 들어와. 당신도 알다시피 그분은 홀아비인데, 들어와서는 지켜 서서 흰 수염을 잡아당기며 '3분음표와 4분음표는 칠 수 있게 됐나?'

하고 늘 물어봐.

당신이 그 응접실의 웨인스코팅•을 볼 수 있으면 좋을 텐데. 그리고 아스트라한(Astrskhan)• 양탄자 현관도. 그런데 클리멘티나는 가끔 잔기침을 하곤 해. 그 애가 지금보다 더 건강해졌으면 좋겠어. 아, 나는 정말로 그 애한테 애착이 가. 매우 온화하고 고상하거든. 핑크니 장군의 동생은 한때 볼리비아 공사를 지냈대."

그러고 나자 조는 마치 몽테크리스토 백작 같은 분위기로 10달러짜리, 5달러짜리, 2달러짜리, 1달러짜리(모두 법정 화폐)를 꺼내 델리아의 돈 옆에 놓으며 의기양양하게 말했다.

"그 오벨리스크 수채화를 피오리아에서 온 남자에게 팔았어."

그러자 델리아가 말했다.

"농담하지 마. 피오리아에서 온 사람이 아닐 거야."

"정말이야. 델리아도 그를 만날 수 있으면 좋을 텐데. 털목도리를 하고 깃촉 이쑤시개를 든 뚱뚱한 남자야. 그는 팅클 씨의 진열창에 있는 스케치를 보고 처음에는 풍차인 줄 알았대. 깜빡 속은 거지. 어쨌든 그 그림을 샀어. 그리고 또 다른 주문을 했지. 래커와너(Lackawanna) 화물 창고를 유화로 그려서 갖다 달라는 거야. 음악 레슨! 오, 예술은 그 속에도 있는 것 같아."

• **웨인스코팅**(wainscoting) 실내 벽에 사각 틀 형태로 장식 몰딩을 붙이는 것.
• **아스트라한**(Astrskhan) 러시아 남부의 볼가강 하류에 위치한 주. 이곳에서 생산되는 새끼 양의 곱슬곱슬한 털이 있는 검은 모피를 이르는 말로도 쓰임.

이에 델리아도 진심으로 말했다.

“나는 당신이 계속 그림 공부를 하는 게 기뻐. 당신은 꼭 성공할 거야. 33달러! 우린 지금껏 이렇게 많은 돈을 가져본 적이 없어. 오늘 밤은 굴을 먹어볼까?”

조가 답했다.

“그리고 버섯을 곁들인 소고기 요리하고. 그런데 올리브용 포크는 어디 있지?”

그다음 주 토요일 저녁에 조는 델리아보다 먼저 집에 도착했다. 그는 거실 탁자 위에 18달러를 펴놓고는 손에 묻은 짙은 페인트를 빡빡 씻어냈다. 30분 뒤에 델리아가 도착했는데, 그녀의 오른손은 형체 모를 랩과 붕대로 감겨 있었다.

“그게 뭐야?”

조가 평소처럼 인사를 한 뒤 물었다. 델리아는 웃었지만 그다지 즐거워 보이지는 않았다.

델리아가 설명하기 시작했다.

“클레멘티나가 레슨이 끝난 뒤 치즈 토스트를 해달라고 졸라댔어. 그 앤 정말 이상한 애야. 오후 5시에 치즈 토스트라니! 장군님이 거기 있었어. 마치 집에 하인이 없는 것처럼 그가 요리용 냄비를 가지러 달려가는 것을 당신이 봤어야 했는데. 나도 클레멘티나가 건강하지 않고 매우 예민하다는 걸 알아. 그녀는 토스트를 접시에 담다가 끓고 있던 뜨거운 것을 내 손과 손목에 엄청 많이 쏟았어. 정말 뜨거웠어, 조. 그 사랑스러운 아이는 무척 미안해했어. 핑크니 장군님은, 그분은 거의 정신이 나간 듯이 어쩔 줄 몰라 하며 아래층으로 급히 내려가더니 누군가를 보냈어. 그들은 지하실에서 일하는 화부인가, 아무튼 지하실에 있는 사람이라고 했어. 그들에게 약국에 가서 바르는 약과 붕대를 사 오라고 해서…… 지금은 그렇게 아프지 않아."

조가 델리아의 손을 부드럽게 잡고는 붕대 아래에 있는 흰색 천 조각을 잡아당기며 물었다.

"이게 뭐야?"

델리아가 대답했다.

"연고가 묻은 부드러운 솜이야."

델리아는 식탁 위에 있는 돈을 발견하고는 조에게 물었다.

"그런데 조, 다른 그림을 또 팔았어?"

조가 답했다.

"내가? 그냥 피오리아에서 온 남자한테 물어봐. 그는 오늘 그 화물 창고 그림을 샀고, 확실하지 않지만 다른 공원 풍경과 허드슨강 전망을 그린 그림을 원하는 것 같아. 그런데 델리아, 오늘 오후 몇 시에 손에 화상을 입은 거야?"

델리아가 애처로운 목소리로 말했다.

"다섯 시쯤. 다리미…… 내 말은 토스트가 그 시간쯤 불에서 나왔다는 거야. 당신이 핑크니 장군님을 봤어야 했는데, 그때……."

"델리아, 여기 잠깐 앉아봐."

조가 말했다. 그러고는 그녀를 소파로 끌어당겨 옆에 앉히고는 그녀의 어깨에 한 팔을 얹으며 물었다.

"델리아, 지난 2주 동안 뭘 한 거야?"

그녀는 사랑과 완고함이 가득한 눈으로 잠시 동안 그 상황과 마주했고, 핑크니 장군에 대해 막연하게 한두 마디를 중얼거렸다. 그러나 마침내 고개를 떨구고 눈물을 흘리며 진실을 털어놨다.

"나는 학생을 구할 수 없었어. 그리고 나는 당신이 그림 공부를 포기하는 것을 견딜 수도 없었고. 그래서 24번가에 있는 큰 세탁소에서 셔츠를 다리는 일을 구한 거야. 핑크니 장군과 클레멘티나 이야기는 매우 잘 꾸며냈다고 생각했는데…… 안 그래? 오늘 오후에 세탁소에서 한 여자애가 실수로 뜨거운 다리미를 내 손에 내려놓았어. 그 뒤로 집에 오는 내내 치즈토스트 이야기를 생각한 거야. 조, 화난 거 아니지? 내가 일자리를 얻지 않았다면 당신은 피오리아에서 온 남자에게 그림을 팔 수 없었을 거야."

그러자 조가 천천히 말했다.

"그는 피오리아에서 온 사람이 아니었어."

"아무튼, 그가 어디에서 왔는지는 중요하지 않아. 당신은 참 영리해, 조. 키스해 줘, 조. 그런데 당신은 왜 내가 클레멘티나에게 레슨을 하고 있지 않다고 의심하게 된 거야?"

조가 대답했다.

"오늘 밤까지도 나는 몰랐어. 오늘 오후에 위층에서 한 여자애가 다리미질하다가 손을 데었다고 해서 이 솜 부스러기와 연고를 보내주지 않았더라면 아직껏 모르고 있었을 거야. 나는 지난 2주 동안 그 세탁소에서 화부로 일했어."

"그럼 당신의 그림은……."

"피오리아에서 온 내 구매자와 당신의 핑크니 장군은 똑같은 예술의 산물이지. 당신은 그것을 그림이나 음악이라고 부르지 않겠지만."

그러고 나서 두 사람은 함께 웃었고, 조가 먼저 말했다.

"누구나 자신의 예술을 사랑하게 되면 어떤 희생도……."

그러자 델리아는 그의 입을 손가락으로 막으며 말했다.

"아니, 틀렸어. 누구나 서로를 사랑하게 되면…… 이렇게 표현을 바꿔야 해."

작품 들여다보기

이 작품은 <크리스마스 선물>의 확장판이라 할 만한 내용으로, 델리아와 조가 서로를 위해 자신을 희생하는 모습이 델라와 짐의 모습과 겹쳐 보인다. 서술자인 '나'는 두 사람의 행복이 진정한 행복이라고 말하며, 가진 것이 많은 청년들에게 충고도 아끼지 않는다. 그들처럼 살 수 있다면 가진 것 모두를 내어놓아도 좋다는 것이다. 삶에서 열정을 쏟을 만한 가치 있는 일이 있고, 사랑하며 보듬어 줄 누군가가 있다면, 어떤 열악한 조건이라 하더라도 행복할 테니까.
가난한 예술학도들이 그들의 꿈을 펼쳐나가려면 현실적 어려움이 적지 않을 것이다. 조와 델리아는 미술과 음악에 뛰어난 재능을 보여 자신들의 꿈을 펼치기 위해 도시로 나왔고, 유명한 선생님 밑에서 수업을 듣게 된다. 그러나 그것도 잠시. 경제적 어려움에 부딪히자 방법을 찾아야 했고, 델리아는 조를 위해 공부를 멈추고 음악 레슨을 시작한다.
부유하고 저명한 핑크니 장군의 딸에게 피아노 레슨을 시작한 델리아. 델리아가 잠깐 자신의 예술을 접을 수밖에 없는 상황이지만, 그래도 독자들은 '괜찮은 선택'이라 여기며 델리아를 대견하게 여길 듯하다. 그 덕분에 조는 계속 그림 공부를 할 수 있고, 피오리아에서 온 사람이 그림을 사기도 했으니까. 그렇게 점점 조의 그림에 관심을 보이는 사람이 많아지면 델리아도 다시 음악 공부를 시작할 수 있을 것이다.
어쨌든 행복한 결말을 상상하며 읽어나가던 독자들은 다시 한번 '아, 역시 오 헨리답구나.' 하며 그가 비틀어버리는 이야기 전개에 속수무책 당할 수밖에 없다. <크리스마스 선물>에서 보여주었던 비틀기는 이야기 구조로 볼 때 충분히 예상 가능했던 반전이었다. 그런데 이 작품에서 보여주는 비틀기는 예상 밖이라 제대로 된 반전이 이루어진 듯하다. 독자들 대부분은 델리아와 조가 들려주는 이야기를 진실이라고 생각하며 그들의 행복한 삶이 이어지도록 응원하고 있지 않았을까. 그런데 갑자기 세탁소라니! 그것도 두 사람 모두…….
'선물'과 '헌신'이라는 제목의 표현에서도 알 수 있듯이, 오 헨리는 <크리스마스 선물>에서는 물질적 소중함에 우선하는 사랑의 가치를, <사랑의 헌신>에서는 자신의 정체성이자 추구하는 삶의 목표보다 더 큰 사랑의 가치를 말하고자 했던 것이 아닐까. 오 헨리는 델라와 짐, 델리아와 조의 이야기를 통해 사랑하는 사람에게는 무엇이든 줄 수 있고, 사랑하는 사람을 위해서는 어떤 것도 버릴 수 있으며, 사랑하는 사람과 함께하는 것만으로도 충분히 행복하다는 것을 힘주어 말하고 있는 듯하다.

20년 후

After Twenty Years, 1906

순찰 중인 경찰관이 인상적인 모습으로 길을 따라 올라갔다. 보는 사람이 거의 없는 걸로 봐서는, 그러한 모습이 보여주기 위한 것이 아니라 습관적인 것 같았다. 시간은 겨우 밤 10시였지만 비를 머금은 쌀쌀한 돌풍이 불어, 거리에는 사람이 거의 없었다.

그는 걸어가는 동안 문들이 잘 닫혀 있는지 확인했다. 요리조리 능숙하게 경찰봉을 빙빙 돌리면서, 이따금 돌아서서 한산한 도로를 살펴보았다. 그 경찰관은 건장한 체구에다 당당한 태도를 지닌, 평화의 수호자 같은 훌륭한 모습이었다.

이곳 사람들은 일찍 귀가하는 편이다. 간혹 불을 켜놓은 담배 가게나 밤새 영업하는 간이식당을 볼 수 있지만, 대부분의 가게들은 문을 닫은 지 좀 된 시간이었다.

경찰관이 어떤 블록의 중간쯤 왔을 때 갑자기 걸음을 늦추었다. 어두운 철물점 문 앞에 한 남자가 불을 붙이지 않은 시가를 입에 물고 기대어 있었기 때문이다. 경찰관이 다가가자 그는 재빨리 경찰관을 안심시키듯 이렇게 말했다.

"괜찮습니다, 경찰관님. 저는 그냥 친구를 기다리는 중입니다. 20년 전에 한 약속이거든요. 좀 웃기게 들리겠지만, 사실인지 확인하고 싶다면 제가 설명해 드리겠습니다. 20년 전에 이 가게는 '빅 조'라는 식당이었습니다. 브래디가 운영하던 식당이었죠."

그러자 경찰관이 말했다.

"5년 전까지 있었는데…… 그때 없어졌어요."

출입문 쪽에 있던 남자는 성냥을 그어 시가에 불을 붙였다. 불빛에 비친 그 남자는 예리한 눈, 네모나고 창백한 얼굴에다 오른쪽 눈썹 쪽에 작은 흰색 흉터가 있었다. 그리고 그의 넥타이핀에는 특이하게 세공된 큰 다이아몬드가 박혀 있었다.

그 남자가 말했다.

"20년 전 오늘 밤, 나는 지미 웰스와 함께 여기서 저녁을 먹었습니다. 지미는 세상에서 가장 친한 친구이자 가장 좋은 친구였지요. 그와 나는 여기 뉴욕에서 마치 형제처럼 함께 자랐습니다. 나는 열여덟 살이었고, 지미는 스무 살이었지요. 나는 돈을 벌기 위해 서부로 떠날 예정이었지만, 지미는 함께 가지 않겠다고 했습니다. 지미는 뉴욕보다 더 나은 곳은 없다고 생각했으니까요. 우리는 그날 밤, 정확히 20년 뒤에 여기서 다시 만나기로 약속했습니다. 우리의 상황이 어떠하든, 우리가 어떤 곳에 살고 있든 말이죠. 우리는 20년 안에 우리 각자의 운명이 결정되고, 우리가 어떻게 살고 있을지, 어떤 미래가 우리를 기다릴지 알게 될 거라고 생각한 것이지요."

경찰관이 말했다.

"꽤 흥미롭게 들리네요. 다시 만나기로 한 시간이 꽤 긴 것 같네요. 당신이 떠나고 나서는 친구 소식을 못 들었나요?"

그 남자가 답했다.

"예, 우리는 한동안 편지로 연락을 주고받았어요. 하지만 1, 2년 뒤에 서로 연락이 끊겼지요. 아시다시피 서부는 꽤 큰 지역이고, 나는 꽤 바쁘게 돌아다녔으니까요. 하지만 지미가 살아 있다면 나를 만나러 여기로 나올 거라고 믿습니다. 왜냐하면 그는 세상 누구보다 진실한 사람이거든요. 그는 절대로 잊지 않았을 겁니다. 오늘 밤 이곳에 오려고 수천 마일을 달려왔는데, 내 옛 친구를 만난다면 그만한 가치가 있겠지요."

그 남자는 다이아몬드가 박힌 멋진 시계를 꺼내 보며 말했다.

"10시 3분. 우리가 여기에서 헤어진 것은 정확히 10시였습니다."

경찰관이 물었다.

"서부에서 꽤 잘나갔나 보네요?"

"물론이죠. 지미도 어느 정도 성공했다면 좋겠네요. 그는 좀 느리게 걷는 사람이었지만 그만큼 좋은 친구였어요. 나는 큰돈을 벌기 위해 가장 영악한 사람들과 경쟁해야 했지요. 뉴욕에 사는 남자들은 그렇지 않아요. 서부에서는 무언가를 얻으려면 예리한 칼이 필요합니다."

경찰관은 경찰봉을 빙빙 돌리며 한두 발짝 내디뎠다.

"저는 그만 가보겠습니다. 당신의 친구가 꼭 오기를 바랍니다. 친구가 10시에 오지 않으면 떠날 건가요?"

그 남자가 답했다.

"모르겠군요. 적어도 30분은 기다리겠지요. 지미가 살아 있다면 그 안에 도착할 겁니다. 안녕히 가세요, 경찰관님."

"안녕히 계세요."

경찰관은 이렇게 말하고는 다른 가게들 문을 확인하며 순찰 구역을 지나갔다.

이제 가늘고 차가운 이슬비가 내렸고, 바람도 더 세차고 강해졌다. 그 거리를 걷던 몇 안 되는 사람들은 외투 깃을 여미고 주머니에 손을 넣은 채 쓸쓸하고 조용히 서둘러 갔다. 젊은 시절의 친구와 했던 말도 안 되는 약속을 지키기 위해 수천 마일을 달려온 남자는 시가를 피우며 기다렸다.

기다린 지 20분 정도 지났을 때, 긴 코트를 입고 깃을 귀까지 올린 키 큰 남자가 길 반대편에서 서둘러 건너왔다. 그러고는 기다리고 있던 남자에게 다가가서 반신반의하며 물었다.

"밥, 너니?"

문 앞에 있던 남자가 외쳤다.

"지미 웰스, 맞아?"

새로 온 남자가 상대방의 손을 잡고는 말했다.

"세상에! 틀림없는 밥이구나! 네가 아직 살아 있다면 여기서 너를 다시 만날 거라고 믿었어. 자, 자, 자, 20년은 긴 시간이야. 옛날 그 식당은 사라졌어, 밥. 그 식당이 아직도 있었다면 또 같이 저녁도 먹고 좋을 텐데. 서부에서는 어떻게 지냈어?"

"지미, 서부는 내가 원하는 모든 걸 줬어. 지미, 너도 많이 변했구나. 네 키가 나보다 2~3인치나 큰 줄은 몰랐는데."

"아, 스무 살 지나서도 좀 컸어."

"뉴욕에서 잘 지냈어, 지미?"

"그럼. 나는 시청에서 일하고 있어. 이리 와, 밥. 내가 아는 곳으로 가서 옛날 이야기 좀 길게 나누자."

두 사람은 팔짱을 끼고 거리를 걷기 시작했다. 성공을 이루어 자기애가 강해진 서부 출신의 남자는 그의 성공담을 들려주기 시작했고, 외투 깃을 여민 남자는 귀 기울여 들었다.

길모퉁이에는 불이 환하게 켜진 약국이 자리하고 있었다. 두 사람이 이 눈부신 빛 속으로 들어섰을 때, 그들은 서로의 얼굴을 확인하기 위해 동시에 몸을 돌렸다.

서부에서 온 남자가 갑자기 걸음을 멈추고 팔짱을 풀고는 쏘아붙였다.

"당신은 지미 웰스가 아니야. 20년은 긴 시간이지만 사람의 코가 로마인에서 퍼그로 바뀔 정도는 아니야."

이에 키 큰 남자가 말했다.

"시간이 때로는 좋은 사람을 나쁜 사람으로 바꾸기는 하지요. 어리석은 밥, 당신은 10분 동안 구금 중입니다. 시카고 경찰은 당신이 뉴욕에 들를지도 모른다고 생각하고, 당신과 얘기를 나누고 싶다고 우리에게 전보를 보냈어요. 조용히 가는 게 좋을 겁니다. 그게 현명해요. 경찰서로 가기 전에, 당신에게 전해주라고 한 쪽지가 있습니다. 여기에서 읽어보세요. 지미 웰스라는 경찰이 보낸 겁니다."

서부에서 온 남자는 그에게 건네진 작은 종이를 펼쳤다. 처음 읽을 때는 괜찮았지만, 다 읽고 나서는 손이 약간 떨렸다. 짧은 메모의 내용은 이랬다.

밥! 나는 정해진 시간에 우리가 약속한 장소에 도착했어. 그런데 네가 시가에 불을 붙이기 위해 성냥을 그었을 때, 나는 네가 시카고에서 수배된 사람의 얼굴이라는 것을 알았어. 내가 너를 체포할 수는 없어서 여기저기 돌아다녔고, 사복 경찰관에게 그 일을 부탁한 거야.

– 지미

작품 들여다보기

이 작품은 어릴 적 절친이던 두 친구가 20년 뒤 다시 만나기로 한 약속을 소재로 하고 있다. 서로 추구하는 삶의 방식이 달랐기에, 밥은 경제적 성공을 이루긴 했으나 범죄자 신분으로 쫓기는 신세이고, 지미는 뚜벅뚜벅 성실히 자신의 삶을 살아가는 경찰관이 되었다. 하필이면 두 친구가 지명수배자와 경찰이 되어 다시 만나다니! 그러나 이처럼 운명은 참 얄궂기도 하고 드라마틱하기도 한 것 같다.

10시가 가까워지는 늦은 밤, 뉴욕의 스산한 골목길에서 한 경찰관이 야간 순찰을 돌고 있다. 같은 시각 어두운 골목길 철물점 앞에는 한 사내가 시가를 물고 긴장한 듯 서 있다. 그는 옛 친구와 20년 전 약속을 지키러 온 것이다. 과연 지미도 약속을 지키러 올까? 10시가 지나 어둠 속에서 지미가 나타난다. 예전보다 키가 2~3인치는 더 커 보이는 모습으로. 그러나 이 남자는 지미가 아니었다.

밥은 시카고 경찰에 의해 지명수배 된 범죄자였고, 수배 중인 범죄자라면 일반적으로 사람들과의 접촉을 피하기 마련이다. 그럼에도 불구하고 밥이 20년 전의 약속을 지키겠다며 뉴욕에 나타난 이유는 무엇일까?

서부로 건너간 밥은 거기서 산전수전을 겪으며 나름 재산을 모으는 데 성공했지만, 그 과정에서 범죄를 저질러 쫓기는 신세가 되었다. 이런 상황에서 절친이었던 고향 친구를 만나러 간다는 건 아주 위험한 짓이다. 하지만 밥은 자신의 성공을 누군가는 알아주기를 바랐을지도 모른다. 뉴욕에 남기로 결정했던 옛 친구를 만나 서부를 선택한 자신의 판단이 틀리지 않았음을 증명하고 싶었을지도 모른다.

하지만 문제는 밥이 경쟁에서 이기고 무언가를 얻기 위해 범법까지 저질렀고, 이런 자신의 행동을 '성공'으로 인식하고 있다는 것이다. 이는 자기 행동을 정당화하는 자기 합리화로 볼 수 있고, 그 결과 범죄자로 쫓기는 신세이면서도 옛 친구 앞에 나서려고 했던 것이다.

20년 세월은 성공을 꿈꾸며 호기 있게 서부로 떠난 젊은 청년까지 범죄자로 만들었다. 그러나 그가 마음속에 간직한 옛 친구에 대한 믿음과 우정은 변하지 않았다. 경찰인 지미는 밥을 직접 체포하지 않고 다른 사람에게 부탁해 밥을 체포하게 한다. 친구와의 20년 전 약속도 잊지 않았고, 범죄를 저지른 친구를 배려하는 마음도 남다르다.

오늘 그들의 20년 전 약속은 엇나가 버렸지만, 앞으로도 그들의 우정은 계속될 것 같다.

마녀의 빵

Witches' Loaves, 1904

미스 마사 미첨(Martha Meacham)은 길모퉁이에서 작은 빵집을 운영했다. 계단 세 개를 올라가서 가게 문을 열면 종소리가 울린다.

미스 마사는 마흔 살로, 그녀의 통장에는 2천 달러의 예금이 있었고, 두 개의 의치와 인정 많은 마음씨를 가지고 있었다. 마사보다 어린 여자들 가운데도 결혼한 사람들이 많았으나, 마사는 아직 미혼이었다.

그런데 일주일에 두세 번 찾아오던 고객이 그녀에게 관심을 보이기 시작했다. 그는 안경을 쓰고 갈색 턱수염을 가지런히 다듬은 중년 남자였다.

그는 거친 독일 억양이 섞인 영어를 썼다. 구겨지고 헐렁한 낡은 옷을 입었는데, 여기저기 꿰맨 자국도 있었다. 하지만 그는 단정해 보였고 매너도 아주 좋았다.

그는 늘 만든 지 좀 오래된 빵 두 개를 샀다. 신선한 빵은 한 개에 5센트였고, 식어서 좀 딱딱해진 빵은 두 개에 5센트였다. 그는 늘 굳은 빵만 사 갔다.

한번은 미스 마사가 그의 손가락에 빨간색과 갈색 얼룩이 묻어 있는 것을 보았다. 그녀는 그가 매우 가난한 화가라고 확신했다. 틀림없이 그는 다락방에 살면서 그림을 그리고, 굳은 식빵을 먹으면서 미스 마사의 빵집에서 맛있는 것들을 먹는 상상을 할 것이다.

미스 마사는 종종 찹스테이크와 약간의 롤빵, 잼, 차를 놓고 앉아 한숨을 쉬며, 그 점잖은 화가가 찬 바람이 부는 다락방에서 마른 빵을 먹는 대신 자기와 맛있는 식사를 함께 나누기를 바랐다. 앞서 말했듯이, 미스 마사는 인정 많은 사람이었으니까.

그의 직업에 대한 자기의 짐작이 맞았는지 확인해 보려고, 어느 날 그녀는 경매에서 산 그림을 자기 방에서 가져와 가게 카운터 뒤쪽 선반에 올려놓았다.

그것은 베네치아의 풍경화였다. 화려한 대리석 궁전이 전경, 아니 오히려 물가에 서 있었다. 그 밖에 곤돌라(손을 물에 담근 부인이 타고 있는)와 구름과 하늘이 그려져 있고, 명암법이 많이 적용되어 있었다. 화가라면 이것이 눈에 띄지 않을 수 없었다.

이틀이 지나 그 손님이 들어왔다.

"미안하지만…… 굳은 빵 두 개요."

그녀가 빵을 포장하는 동안 그가 말했다.

"훌륭한 그림을 가지고 있네요, 부인!"

미스 마사는 자기의 계교를 즐기며 말했다.

"그래요? 저는 미술과 그리고…… (아니 이렇게 빨리 '화가'라는 말을 하는 것은 적절하지 않지.) 그리고 그림을 무척 좋아해요."

이렇게 그녀는 말을 돌렸다.

"좋은 그림이라고 생각하세요?"

"조화롭지가 않네요. 원근법도 사실적이고 않고요. 안녕히 계세요, 부인."

그는 빵을 받아들고 인사하고는 서둘러 나갔다.

'그래, 그는 화가가 틀림없어.' 미스 마사는 그림을 다시 방에 갖다 놓았다.

안경 너머 그의 눈은 어쩌면 그렇게 부드럽고 친절하게 빛날까! 그의 이마는 어쩜 그렇게 넓을까! 한눈에 원근법을 판단할 수 있다는 것, 그리고 굳은 빵으로 살아가는 것! 그러나 천재들은 인정받을 때까지는 고군분투해야 하는 경우가 많다.

만약 천재를 2천 달러의 은행예금과 빵가게와 인정 많은 마음씨로 후원해 준다면 미술을 위해서나 원근법을 위해서 얼마나 큰 도움이 될까? 하지만 그것은 백일몽이었다, 미스 마사여.

요즘은 종종 그가 빵집에 오면 진열장을 사이에 두고 잠시 수다를 떨곤 했다. 그는 미스 마사의 쾌활한 수다를 아주 좋아하는 것 같았다.

그는 여전히 굳은 빵을 사 갔다. 케이크도, 파이도, 그녀가 자랑하는 맛있는 샐리런(Sally Lunns: 구워서 금방 먹는 빵. 이것을 만들어

팔러 다니던 소녀의 이름에서 딴 것)도 거들떠보지 않았다.

그녀는 그가 마르기 시작했고 의욕을 잃은 것처럼 보인다고 생각했다. 그녀는 그가 변변찮은 빵만 사 가는 것이 마음 아파 무언가 맛있는 것을 보태 주고 싶었지만 용기를 내지 못했다. 그가 모욕감을 느낄 수도 있었기 때문이다. 그녀는 예술가들이 자존심이 강하다는 것을 알고 있었다.

미스 마사는 카운터 뒤에서 물방울무늬가 있는 실크 블라우스를 입었다. 그러고는 뒤쪽 조리실에서 마르멜루 씨앗과 붕사로 이상한 혼합물을 만들었다. 이것은 많은 사람들에게 얼굴의 혈색이 좋아진다고 알려진 것이었다.

어느 날, 그 손님이 여느 때처럼 찾아와 진열장에 동전을 올려놓고 굳은 빵을 달라고 했다. 미스 마사가 굳은 빵으로 손을 내미는 순간, 큰 굉음과 함께 덜거덕거리는 소리를 내며 소방차가 느릿느릿 지나갔다.

손님은 무슨 일인지 궁금해서 급히 문으로 달려갔다. 이때 갑자기 영감을 받은 미스 마사는 기회라고 생각했다.

계산대 뒤의 맨 아래쪽 선반에는 낙농업자가 10분 전에 두고 간 신선한 버터 1파운드가 있었다. 미스 마사는 빵칼로 굳은 빵 하나 하나를 깊숙하게 자르고 넉넉하게 버터를 넣은 다음 빵을 다시 꽉 눌러놓았다.

손님이 다시 돌아섰을 때, 그녀는 빵을 종이에 싸고 있었다.

유난히 유쾌한 잡담을 나눈 뒤 그가 자리를 뜨자, 미스 마사는 혼자서 미소를 지었다. 약간의 설렘도 없지는 않았다.

'너무 대담했을까? 그가 화를 낼까? 절대 그러지는 않을 거야. '음식의 언어'가 따로 있지는 않지. 버터가 '여자답지 않게 주제넘는 것'을 상징하지는 않잖아.'

그날은 오랫동안 그 일만 생각했다. 그가 자기의 작은 속임수를 발견하는 장면을 상상했다.

'그는 붓과 팔레트를 내려놓겠지. 거기에는 나무랄 데 없는 원근법으로 그리고 있는 그림을 얹은 이젤이 서 있을 거야. 그는 마른 빵과 물로 점심 준비를 할 거야. 그리고 빵을 한 조각 썰겠지. 아!'

미스 마사는 얼굴을 붉혔다.

'그는 빵을 먹으면서 버터를 넣은 손을 생각할까? 그는…….'

그때 출입문을 여는 종소리가 사납게 짤랑거렸다. 누군가가 큰 소리를 내며 들어오고 있었다.

미스 마사가 서둘러 나가 보니, 두 남자가 서 있었다. 한 명은 파이프 담배를 피우는 젊은 남자였는데, 한 번도 본 적이 없는 얼굴이었다. 다른 한 명은 그녀의 화가였다.

화가는 벌게진 얼굴로 모자를 뒤로 젖혀 쓰고 있었는데, 머리카락이 심하게 헝클어져 있었다. 그는 꽉 움켜쥔 두 주먹을 미스 마사에게 맹렬히 흔들어댔다. 미스 마사에게…….

"이 바보!" 하고 그는 엄청 큰 소리로 외쳤다. 그리고 "멍청이!"

또는 이와 비슷한 뜻의 독일어를 외쳐댔다.

젊은 남자가 그를 데리고 나가려고 했다. 그러자 그는 화를 내며 말했다.

"난 가지 않을 거야. 이 여자한테 한마디 해주기 전에는!"

그러면서 미스 마사 가게의 카운터를 드럼 치듯이 두들겼다. 그리고 안경 너머로 푸른 눈을 빛내며 소리쳤다.

"당신이 나를 망쳤어! 알겠어? 이 주제넘은 고약한 여자야!"

미스 마사는 진열장에 힘없이 기대어 한 손을 물방울무늬의 실크 블라우스에 갖다 댔다. 젊은 남자는 그의 옷깃을 잡으며 말했다.

"자, 이제 할 만큼 했어요."

그는 화난 화가를 데리고 나가 보도에 끌어내 놓고 다시 돌아와서는 미스 마사에게 말했다.

"아주머니께 무슨 일인지 말해야 할 것 같네요. 저 사람 이름은 블럼버거입니다. 건축 제도사지요. 저는 그와 같은 사무실에서 일하고 있습니다. 그는 3개월 동안 새 시청의 설계도 그리는 일을 열심히 했어요. 공모에 출품하려고요. 그리고 어제 선화(線畫)를 마쳤지요. 아시다시피 제도사는 늘 연필로 먼저 초안을 그립니다. 그것이 끝나면 한 줌의 딱딱한 빵 부스러기로 연필 선을 지우지요. 그것이 고무지우개보다 잘 지워지니까요. 블럼버거는 여기서 그 빵을 사왔습니다. 그런데 오늘은…… 음…… 버터는 아닙니다. 음…… 이제 블럼버거의 설계도는 엉망이 되어버려 아무 쓸모가 없어졌어요."

미스 마사는 뒤쪽 조리실로 들어갔다. 물방울무늬의 실크 블라우스를 벗고, 예전에 입던 낡은 갈색 서지(serge)로 갈아입었다. 그런 다음 그녀는 마르멜루 씨와 붕사 혼합물을 창밖의 쓰레기통에 부어버렸다.

작품 들여다보기

이 작품은 빵집을 운영하는 미스 마사의 오해로 인한 해프닝을 그리고 있다. 늘 값싼 굳은 빵을 사 가는 남자를 가난한 화가로 착각해 그에게 호의를 베풀려던 행동이 예상치 못한 잘못된 결과를 낳는다는 이야기다. 그런데 이 소설의 제목이 왜 '마녀의 빵'일까? 미스 마사가 의도적으로 그 남자를 해코지한 것도 아닌데, '마녀'라는 표현은 좀 지나치지 않을까?

<마녀의 빵>은 잘못된 배려의 모습을 잘 드러내고 있다. 마사는 자기 마음대로 그 남자를 가난한 화가로 생각하고 빵에 버터를 발라주면 좋아할 거라고 판단했다. 그러면서 그것이 큰 호의이자 그 사람을 돕는 행동이라고 여겼다. 하지만 다른 사람을 배려한다는 것은 그 사람의 입장을 이해해야 하는 일이고, 자신을 낮추고 상대방을 존중해야 하는 일이다. '내가 가진 것이 많고 저 사람보다 잘났으니 내가 도와줘야지.'라고 하는 마음은 진정한 배려라고 할 수 없다. 상대방의 입장이 아니라 자기 중심적으로 상대를 이해하고 배려하는 행동은 오히려 상대를 곤란하게 만들거나 좋지 않은 결과를 불러올 수도 있기 때문이다. 마사가 그 남자에게 '어째서 늘 굳은 빵을 사 가는지' 그 이유만 물어보았더라면 그런 실수를 하지 않았을 것이다.

실제로 오 헨리가 활동한 시대는 근대 자본주의가 태동하던 때이다. 당시 많은 사회문제가 발생했고, 그 가운데 하나가 인간소외의 문제였다. 물질만능

주의 시대에 접어들면서 물질이 중시되고 인간 사이의 소통 부재가 점차 확대되어, 인간 사회는 오해와 불신이 만연하게 된다. 이 작품에서 미스 마사와 손님과의 의사소통 부재로 인한 갈등은 개인 간의 소통 부재가 결국은 사회 문제로 이어질 수 있다는 주제 의식을 드러낸다고 할 수 있다.

우리는 살아가면서 본의 아니게 상대방에게 해를 끼치거나 자신의 판단이나 생각과는 전혀 다른 결과를 직면하게 될 때가 있다. 그런 점에서 이 작품은 우리와 가까운 일상의 모습을 담고 있다고 할 수 있겠다. 그렇기에 결말에 이르러 더 공감되고 피식 웃게 되는 것이 아닐까. 이 작품 역시 오 헨리만의 반전과 위트가 돋보인다.

추수감사절의 두 신사

Two Thanksgiving Day Gentlemen, 1907

우리의 날이 있다. 타지에서 살고 있는 미국인들 모두가 고향집으로 돌아가 직접 구운 비스킷을 먹고, '저 낡은 펌프가 현관에서 이렇게 가까웠다고.' 하고 놀라게 되는 날이다. 이날에 축복을!

루스벨트 대통령이 우리에게 선사한 날이다.• 우리는 추수감사절과 관련해서 청교도에 대한 이런저런 이야기를 듣지만, 그들에 대해서 잘 기억하지 못한다. 어쨌든 만일 그들이 다시 이 땅에 상륙하려 한다면, 우리는 그들을 쉽게 물리칠 것이다. 플리머스록(Plymouth Rock)•? 음, 청교도보다는 이 말이 더 친숙하게 들린다. 칠면조 조합이 활동을 시작한 이후로 칠면조 대신 닭고기를 먹는 사람들이 많아졌으니까.

• 추수감사절을 11월 마지막 목요일로 정한 것은 링컨 대통령이지만, 이를 명시한 법안에 서명함으로써 법제화한 것은 루스벨트 대통령이다.
• 플리머스 록스(Plymouth Rocks) 1620년 '필그림 파더즈(Pilgrim Fathers)'가 상륙했던 곳. '필그림 파더즈'는 메이플라워호를 타고 미국으로 건너가 매사추세츠주 플리머스에 정착한 영국 청교도단을 가리킴. 여기서는 '플리머스록'이라는 미국 원산의 닭과 겹쳐서 한 말.

그런데 워싱턴에 있는 누군가가 추수감사절 선포에 관한 사전 정보를 사람들에게 유출하고 있는 것 같다. 크랜베리 습지 동쪽의 대도시에서는 추수감사절을 제도화했다. 11월 마지막 목요일은 1년 중의 유일한 날로, 특히 뉴욕에서는 항구 건너편에 있는 본토(本土)를 생각하게 하는 날이었다. 이날은 온전히 미국인을 위한 날이다. 그렇다, 오직 미국인들을 위한 축하의 날.

그리고 이제는 대서양 이쪽에 살고 있는 미국의 전통이 영국의 그것보다 훨씬 빠른 속도로 연륜이 쌓여가고 있다는 것을 입증하려고 한다. 그것은 우리의 투지와 진취성 덕분이다.

스터피 피트(Stuffy Pete)는 분수대 맞은편 산책로의 동쪽에 자리 잡은 유니언 광장으로 들어가 오른쪽 세 번째 벤치에 앉았다. 그는 9년 동안 추수감사절마다 1시가 되면 늘 이 자리에 앉았다. 그럴 때마다 그에게는 찰스 디킨스의 작품에 나오는 이야기 같은 일이 일어났다. 즉 양복 조끼가 미어지고 온몸이 부풀어 오를 정도로 배불리 얻어먹을 수 있었다.

그러나 오늘 스터피 피트가 매해 오던 그 장소에 나타난 것은, 자선가들이 생각하는 것처럼 오랫동안 가난한 사람들을 괴롭히는 굶주림 때문이라기보다는 오히려 습관의 결과였다.

확실히 피트는 배가 고프지 않았다. 그는 숨 쉬기도, 걷기도 어려울 만큼 진수성찬을 잔뜩 먹고 왔기 때문이다. 그의 눈은, 빵빵

하고 기름진 얼굴에 단단히 박힌 두 개의 창백한 구스베리 같았다. 그는 쌕쌕거리며 밭은 숨을 내쉬었으며, 뚱뚱한 상원의원 같은 몸집은 올려세운 코트 깃과 잘 어울리지 않았다. 일주일 전에 친절한 구세군이 달아준 단추들이 마치 팝콘처럼 날아 그의 주위에 흩어졌다. 찢어진 셔츠 앞부분이 V자형으로 열려 있는 모습이었다. 그러나 고운 눈송이를 실어 나르는 11월의 산들바람이 그를 시원하게 해주었다. 그는 굴로 시작해서 자두 푸딩으로 끝난 아주 푸짐한 저녁 식사로 인해 열량이 과충전된 상태였다. 저녁 식사는 구운 칠면조와 구운 감자, 치킨 샐러드, 스쿼시 파이, 아이스크림 등 세상에서 가장 맛있는 음식들이었다. 그는 자리에 앉아서 배부르게 먹었고, 다 먹고 나서는 배부른 인간의 경멸에 찬 눈을 하고는 세상을 바라보았다.

저녁 식사는 그가 예상치 못한 일이었다. 그가 5번가 입구 근처에 있는 붉은 벽돌집을 지나고 있었는데, 거기에는 가문의 옛 전통을 잘 지키고 있는 두 노부인이 살고 있었다. 그들은 심지어 뉴욕의 존재를 부정했고, 추수감사절은 워싱턴 광장에만 선포되었다고 믿었다. 그들의 전통적인 관습 가운데 하나는, 정오가 지난 뒤 처음으로 지나가는 굶주린 행인을 불러들여 진수성찬을 대접하는 것이었다. 스터피 피트는 공원으로 가는 길에 우연히 그곳을 지나가게 되었고, 문지기가 그를 불러들여 그 가문의 관습대로 행했던 것이다.

스터피 피트는 10분쯤 앞을 똑바로 응시하다가, 더 많은 것들을 보고 싶어졌다. 그는 엄청 애를 써 머리를 천천히 왼쪽으로 돌렸다. 그 순간 두려움에 휩싸인 듯 그의 눈이 커지고 숨이 멎을 것 같았다. 그리고 그곳에서 급히 벗어나려는 듯, 짧은 다리의 발끝이 자갈 위에서 꿈틀거리며 바스락거리는 소리를 냈다. 노신사가 4번가를 가로질러 그가 있는 벤치로 다가오고 있었기 때문이다.

9년 동안 추수감사절마다 그 노신사는 이곳에 와서 벤치에 앉아 있는 스터피 피트를 만났다. 노신사는 이것을 하나의 전통으로 만들려고 했던 것이다. 9년 동안 추수감사절마다 그는 이곳에서 스터피를 만났고, 그를 식당으로 데려가 그가 성대한 저녁 식사를 하는 것을 지켜보았다. 영국에서는 아무렇지 않게 그럴 수 있지만, 이곳은 신생 국가인데 9년 동안 그렇게 하는 것은 쉬운 일이 아니다. 노신사는 미국의 성실한 애국자였으며, 자신을 미국 전통의 선구자로 여겼다. 아름다운 전통이 되려면 한 가지 일을 오랫동안 계속해야 한다. 산재보험에서 매주 10센트의 보험료를 거둬들이는 것이나 거리를 날마다 청소하는 것처럼.

노신사는 자신이 만들려는 전통을 향해 곧고 당당하게 행동했다. 스터피가 해마다 이날에 얻어먹는 것은, 영국의 대헌장이나 아침에 잼을 먹는 풍습처럼 국가적인 성격을 지닌 것은 아니다. 그러나 그것은 하나의 과정이었고, 거의 봉건제도처럼 굳어져 버렸다. 이것은 적어도 뉴욕, 이를테면 미국에도 전통이 불가능하지 않다는 것을 보여주는 것이다.

노신사는 말랐고, 키가 컸으며, 나이가 예순이었다. 온통 검은 색으로 차려입었으며, 콧등에 닿지 않는 구식 안경을 끼고 있었다. 그의 머리카락은 작년보다 더 하얗고 가늘어졌으며, 손잡이가 구부러진 크고 울퉁불퉁한 지팡이에 더 의지하게 된 것 같았다.

이처럼 그의 확실한 후원자가 다가왔을 때, 스터피는 마치 여지 주인을 따르던 살찐 퍼그가 으르렁대는 큰 개를 맞닥뜨린 것처럼 씩씩거리며 몸서리를 쳤다. 그는 어디론가 날아가고 싶었지만, 산토스뒤몽(Santos-Dumont)•이 모든 기술을 쓴다 해도 그를 벤치에서 뜨게 할 수는 없었을 것이다. 두 노부인의 문지기들이 일을 잘 해낸 셈이다.

노신사가 말했다.

"안녕하신가? 해가 바뀌었는데, 자네가 이 아름다운 세상에서 건강하게 살아가고 있다는 것을 알게 되어 기쁘군. 우리에게 추수감사절이 마련된 것도 그것을 축복하기 위한 거지. 나를 따라오면 자네의 육체와 정신이 조화를 이루는 저녁 식사를 대접하겠네."

노신사는 9년 동안 추수감사절 때마다 매번 이렇게 말했다. 이 말 자체가 하나의 전통이 된 것이다. 독립선언서 외에는 이 말과 비교할 만한 것이 없다. 전에는 스터피의 귀에 이 말이 늘 음악처럼 들렸다. 그러나 지금 그는 눈물을 흘리며 고뇌하는 얼굴로 노신

• **알베르토 산토스뒤몽**(Alberto Santos-Dumont, 1873-1932) 브라질 출신의 비행사. 18세에 프랑스로 건너갔으며, 라이트형제와 더불어 비행술의 선구자로 꼽힘.

사의 얼굴을 올려다보았다. 고운 눈송이가 땀이 번진 그의 이마에 떨어졌을 때, 지글지글 금세 녹을 듯했다. 그러나 노신사는 가볍게 몸을 털며 바람을 등지고 돌아섰다.

스터피는 왜 노신사가 약간 슬프게 말하는지 늘 궁금했다. 자신의 뒤를 이를 아들이 없기 때문이라는 것을 그는 몰랐다. 자기가 세상을 떠난 뒤에 대를 이어 스터피 앞에 당당하고 굳세게 서서 "내 아버지를 기리며……" 하고 말할 아들. 그렇게 되면 그것은 하나의 전통이 될 것이다.

그러나 노신사에게는 친척이 없었다. 그는 공원 동쪽의 조용한 거리 가운데 하나에 있는 오래된 갈색 저택의 낡아빠진 방에 세 들어 살고 있었다. 겨울에 그는 큰 트렁크만 한 작은 온실에서 푸크시아를 키웠고, 봄에는 부활절 퍼레이드에 참여했다. 여름에는 뉴저지주의 언덕에 있는 농가에서 살았는데, 고리버들 안락의자에 앉아 언젠가는 찾고 싶은 진귀한 나비에 대해 이야기했다. 그리고 가을에는 스터피에게 저녁 식사를 대접했다. 이것이 이 노신사가 해마다 늘 하는 일이었다.

스터피 피트는 자기 연민에 빠진 채 불안하고 곤혹스러운 눈으로 30초 정도 그를 올려다보았다. 노신사의 눈은 베푸는 기쁨으로 빛나고 있었다. 그의 얼굴은 해가 갈수록 주름이 늘어갔지만, 그의 검은색 넥타이는 여느 때와 다름없이 말쑥했고, 리넨 셔츠는 하얗고 멋졌으며, 회색 콧수염은 끝을 점잖게 말아 올린 모양이었다.

스터피는 일부러 냄비에서 완두콩이 부글부글 끓는 듯한 소리를 내며 대답했다. 그런데 노신사는 그 소리를 이전에 아홉 번이나 들었기 때문에, 그 소리를 스터피의 오래된 수용 공식으로 올바르게 해석했다.

"고맙습니다. 저도 같이 가겠습니다. 대단히 감사합니다. 저는 매우 배가 고픕니다, 선생님."

스터피는 포식으로 정신이 혼미한 가운데서도 자신이 노신사가 만들려는 전통의 바탕이라는 확신을 떨칠 수가 없었다. 그의 추수감사절 식욕은 그 자신의 것이 아니었다. 그것은 확립된 전통의 모든 신성한 권리에 의해, 그렇지 않다면 실제 공소시효에 의해, 그것을 선점한 이 친절한 노신사에 속한 것이었다. 사실, 미국은 자유로운 나라이다. 그러나 전통을 확립하기 위해서는 누군가가 순환소수처럼 같은 일을 반복해야만 한다. 영웅들이 모두 강철이나 금으로 된 무기만을 사용하는 것은 아니다. 여기 쇠붙이나 은도금, 양철로 된 무기만 휘둘렀던 사람도 있지 않은가!

노신사는 해마다 자기를 따르던 스터피를 남쪽 식당으로 데리고 가서 늘 진수성찬을 대접했던 식탁으로 향했다. 식당 사람들도 그들을 알아보았다.

웨이터가 말했다.

"추수감사절마다 같은 부랑자에게 식사를 대접하는 어르신이 오셨다."

노신사는 식탁을 가운데 두고 앉아 연푸른 진주처럼 빛나는 눈으로 장차 전통의 주춧돌이 될 스터피를 바라보았다. 웨이터들은 명절 음식을 식탁 위에 가득 차려놓았다. 스터피는 한숨을 내쉬며 굶주려 보이는 표정으로 나이프와 포크를 들고 불멸의 월계관을 위해 고기를 잘랐다.

어떤 영웅도 이처럼 용감하게 적진을 뚫고 나아가지 못했을 것이다. 칠면조, 갈비, 수프, 채소, 파이 등이 제공되는 즉시 그의 앞에서 사라졌다. 그는 식당에 들어설 때 이미 배가 불렀고 음식 냄새 때문에 신사로서의 명예를 잃을 뻔했지만, 진정한 기사(騎士)처럼 활기를 되찾았다. 그는 노신사의 얼굴에서 자비롭고 행복한 표정을 보았고, 그것은 푸크시아와 진귀한 나비가 가져다주는 것보다 더 행복한 표정이었다. 스터피는 그 표정이 식는 것을 보고 싶지 않았다.

한 시간 뒤 스터피는 전투에서 승리한 채 몸을 뒤로 기대며 말했다.

"고맙습니다, 선생님."

그는 구멍 난 증기 파이프에서 새어 나오는 증기처럼 몸이 부풀어 올라 있었다.

"따뜻한 식사 감사합니다."

그는 이렇게 말하고는 초점 없는 눈으로 겨우 일어나 주방으로 향했다. 웨이터가 그의 몸을 팽이처럼 돌려 출입문을 가리켰다. 노신사는 조심스럽게 1달러 30센트를 은화로 계산했고, 웨이터에게

15센트를 팁으로 주었다. 그들은 해마다 문 앞에서 헤어졌는데, 노신사는 남쪽으로, 스터피는 북쪽으로 갔다.

스터피는 첫 번째 모퉁이쯤 간 뒤 돌아서서 1분쯤 서 있었다. 그러고는 부엉이가 깃털을 부풀리듯 그의 누더기가 부풀어 오르는 것 같더니, 곧 더위 먹은 말처럼 길에 쓰러졌다.

구급차가 왔을 때, 젊은 의사와 운전사는 그가 너무 무거워서 살짝 욕을 하기도 했다. 위스키 냄새가 나지 않아서 경찰 순찰차로 옮길 수도 없었다. 그렇게 스터피는 두 번의 저녁 식사 때문에 병원으로 가게 되었다. 병원 사람들은 그를 침대에 눕히고, 무슨 수술이라도 하려는 듯이 특이한 병은 없나 하고 진찰하기 시작했다.

그리고 이런! 한 시간 뒤에 또 다른 구급차가 노신사를 싣고 왔다. 의사들은 그를 다른 침대에 눕히고는 맹장염이라고 떠들어댔다. 노신사는 치료비를 낼 수 있을 것 같아 보였기 때문이다.

얼마 뒤, 어떤 젊은 의사가 눈이 예뻐 마음에 들어 하는 간호사를 만나 이 사건에 대해 얘기했다.

젊은 의사가 말했다.

"저기 저 점잖게 생긴 노신사는 거의 굶어 죽을 뻔했어요. 아마도 위풍당당한 가문 출신 같은데, 사흘 동안 아무것도 먹지 못했나 봐요."

작품 들여다보기

이 작품은 추수감사절을 소재로 노신사와 노숙인이 만들어 나가는 '전통'에 대해 이야기하고 있다. 어떤 가치 있는 일을 꾸준히 해나가다 보면 그것이 곧 전통이 되고, 이런 좋은 전통이 쌓이면 국가적으로도 좋은 일일 것이다. 노신사가 전통을 만들기 위해 9년 동안 꾸준히 행한 일은 추수감사절에 가난한 사람을 배불리 먹이는 것이었다.

추수감사절은 한 해 동안의 수확물에 감사하며 온 가족이 모여 누구나 배불리 먹는, 우리나라로 치면 추석 같은 명절이다. 하지만 어느 나라나 그렇듯 이런 풍성하고 즐거운 명절에도 소외된 채 제대로 먹지 못하는 사람들이 있기 마련이다.

노숙 생활을 하는 스터피도 그런 사람들에 속하지만, 추수감사절만큼은 그래도 챙겨주는 사람이 있어 배를 곯지 않았다. 9년 전부터 한 노신사가 그를 위해 저녁 식사를 대접해 주었기 때문이다. 그리고 그 노신사는 그러한 행동이 자부심을 가진 미국인으로서의 '전통'이 되기를 바랐다.

그런데 제목에서 알 수 있듯이, 오 헨리는 '두 신사'라고 하여 좋은 전통을 만들려는 노신사뿐 아니라 노숙인인 스터피도 신사로 칭하고 있다. 노신사는 비록 가진 것이 많지 않음에도 자신보다 어려운 이웃을 도울 수 있는 따뜻한 마음을 보여주었다. 그리고 스터피는 그런 노신사의 마음을 잘 알고 있었기에, 진수성찬을 먹고 배가 터질 것 같은 상황에서도 노신사의 저녁 식사 초대에 싫은 내색을 하지 않고 기꺼이 응했다.

스터피가 자신의 욕망에 따라 행동하는 사람이었다면, 노신사의 저녁 식사 제안을 거부했을지도 모른다. 그러나 그는 노숙 생활을 하는 신세임에도 상대를 배려하는 마음과 노신사의 뜻을 존중하는 마음이 있었기에, 힘들고 불편함을 무릅쓰고 노신사와 동행한 것이다.

결국 두 사람 모두 병원에 실려 가게 되는데, 스터피는 과식으로, 노신사는 영양실조로 쓰러진 것도 아이러니하다. 하지만 두 사람이 그 사실을 안다면 서로에 대한 애정과 신뢰가 더 깊어지지 않을까.

사랑의 묘약

The Love-philtre of Ikey Schoenstein, 1906

블루라이트 약국은 바워리 가•와 1번가 사이의 시내에 있는데, 두 거리가 맞닿는 곳에 자리하고 있다. 블루라이트 약국은 약을 소품이나 향수, 소다 아이스크림 같은 것으로 생각하지 않기 때문에, 만약 진통제를 달라고 하면 사탕을 건네는 일은 없을 것이다.

블루라이트 약국은 노동력을 아끼려는 현대 약학의 조제법을 경멸한다. 이 약국에서는 재료를 녹이거나 끓여 물약이나 진통제를 만들기도 하고, 알약을 직접 만들기도 했다. 알약은 알약 만드는 판 위에 여러 가지 가루약을 올려놓고 약숟가락으로 분류한 다음 손으로 집어 조그맣고 둥근 알약통으로 옮겨서 만든다. 그 약국은, 허름한 옷을 걸친 아이들이 뛰어노는 길모퉁이에 있다. 이 아이들은 기침을 멎게 하는 알약과 통증을 완화하는 물약의 잠재적 고객이라 할 수 있다.

• **바워리**(Bowery) **가**(街) 싸구려 술집, 여관 등이 모여 있는 뉴욕시의 큰 거리.

아이키 쇤슈타인(Ikey Schoenstein)은 블루라이트 약국에서 야간에 근무하는 약사인데, 손님들에게 인기가 많았다. 이스트사이드에서 이렇게 차갑지 않은 마음을 지닌 약사가 있는 약국은 없었다. 이 약국에서 그는 상담가, 고해성사를 들어주는 신부, 조언자, 유능하고 열렬한 선교사이자 스승이었다. 사람들은 그의 지식을 대단하게 여겼고 그의 신비한 지혜를 높이 평가했기에, 누구나 그가 조제하는 약은 묻지도 따지지도 않고 먹었다. 그래서 뾰족한 코에 안경을 걸치고 깡마른 데다 똑똑해 보이는 아이키의 모습은 블루라이트 약국 근방에 알려졌고, 그의 조언과 안내가 필요한 사람이 더 많아졌다.

아이키는 약국에서 두 구획 떨어진 리들(Riddle) 부인의 집에 세 들어 살며 거기서 아침 식사를 했다. 리들 부인에게는 로지(Rosy)라는 딸이 있었다. 우회적인 표현은 필요 없을 것 같다. 이미 짐작했겠지만 아이키는 로지를 좋아했다. 그의 모든 생각은 로지로 물들어 있었다. 그녀는 화학적으로 봤을 때, 순수하고 공인된 모든 것의 복합 추출물이었다. 약국에는 그녀에 견줄 만한 것이 없었다. 그러나 아이키는 소심했고, 그의 바람은 주저함과 두려움이라는 용매 속에서 용해되지 않은 채 남아 있었다. 카운터 앞에 서 있는 그는, 특별한 지식과 가치를 자부하는 뛰어난 존재였다. 그러나 약국을 나오면 그는, 화학 물질로 얼룩지고 알로에 즙이나 암모니아 냄새가 밴 어울리지 않는 옷을 입고 있는, 나약하고 둔감하고 자동차 운전자에게 욕설을 퍼붓는 뚜벅이일 뿐이었다.

아이키의 '고약(膏藥) 속의 파리'•(이 얼마나 적절한 비유인가!)는 바로 청크 맥고완(Chunk McGowan)이었다.

맥고완 역시 로지가 던지는 빛나는 미소를 차지하려고 애를 썼다. 그러나 그는 아이키처럼 서 있기만 하는 외야수가 아니어서, 훨씬 더 적극적이었다. 그는 아이키의 친구이면서 약국의 단골이었다. 그는 종종 블루라이트 약국에 들러 멍에 요오드를 바르거나 바워리 가에서 즐거운 저녁을 보낸 뒤 베인 상처에 반창고를 붙이기도 했다.

어느 날 오후, 맥고완이 말없이 불쑥 약국으로 들어왔다. 그는 매력적이고 부드러운 얼굴에, 단호하고 꿋꿋해 보이지만 온화한 모습이었다.

아이키가 막자사발을 가져와 맞은편에 앉아 벤조인을 힘껏 갈고 있을 때 그가 말했다.

"아이키, 잘 들어봐. 내게 꼭 필요한 약이 있는데…… 구할 수 있을까?"

아이키는 늘 싸움의 흔적이 있는 맥고완의 얼굴을 훑어보았지만, 오늘은 아무렇지도 않았다. 아이키는 맥고완에게 외투를 벗으라고 하고는 말했다.

• 고약 속의 파리(A fly in the ointment) 《구약성경》에서 인용한 말로, '옥에 티, 허점, 결점, 약점'이라는 뜻.

"내가 생각하기에 자네는 칼로 갈비뼈를 찔린 것 같은데…….
내가 여러 번 말했잖아. 그 이탈리아 놈들이 너를 해칠 거라고."

맥고완은 미소를 지으며 대꾸했다.

"그놈들이 아니야. 이탈리아 놈들과는 상관없어. 하지만 자네는 충분히 정확한 진단을 한 것 같네. 아픈 곳이 내 코트 안, 갈비뼈 근처에 있으니까. 말하지, 아이키! 로지와 나는 오늘 밤 떠나서 결혼식을 올릴 거야."

아이키는 막자사발 가장자리를 자신의 왼쪽 검지가 접힐 만큼 꾹 누르며 침착함을 유지했다. 이어 자신도 모르게 막자로 막자사발을 마구 두드려댔다. 그러는 동안 맥고완의 미소는 당혹스럽고 침울한 표정으로 바뀌더니 이렇게 말했다.

"문제는 그때까지 그녀가 생각을 바꾸지 않는 거야. 우리는 2주 동안 도피할 계획을 세웠어. 그런데 한번은 그녀가 그렇게 하겠다고 말해놓고는 같은 날 저녁에 안 되겠다고 한 적이 있었어. 결국 우리는 오늘 밤 떠나기로 합의했고, 로지도 이번에는 이틀 내내 긍정적인 태도를 보였어. 하지만 아직 다섯 시간이나 남았어. 나는 그녀가 마음이 바뀌어 나를 바람 맞힐까 봐 걱정이야."

"자네는 약이 필요하다고 했잖아?"

맥고완은 안절부절못하고 난처한 표정을 지었는데, 이는 평소 그의 태도와는 전혀 달랐다. 그는 약 종류가 쓰인 종이를 돌돌 말아 아무렇게나 손가락에 끼워 넣으며 말했다.

“나는 이 이중의 불리한 조건 때문에 오늘 일을 그르치고 싶지는 않아. 백만 달러를 준다 해도 말이야. 나는 이미 할렘에 작은 아파트를 준비해 뒀어. 탁자에는 국화꽃이 있고, 물 끓일 주전자도 준비했지. 그리고 9시 30분에 우리 결혼식 주례를 봐달라고 목사에게도 말해놓았어. 바라던 대로 된 거야. 로지가 다시 마음을 바꾸지 않는다면!”

맥고완은 의심에 사로잡힌 채 말을 멈췄다. 이에 아이키가 퉁명스럽게 말했다.

“나는 자네가 원하는 약이 뭔지 도대체 모르겠네. 나더러 뭘 어쩌란 말인가?”

“그녀의 아버지 리들 씨는 나를 조금도 좋아하지 않아.”

불안한 구혼자는 자기가 말하려는 것을 정리하며 말을 이어갔다.

“리들 씨는 일주일 내내 로지를 나와 함께 외출하지 못하게 했어. 하숙생이 없어도 상관없었다면 그는 오래전에 나를 내쫓았을 거야. 나는 일주일에 20달러를 벌고 있고, 그녀가 나와 함께 달아나더라도 전혀 후회할 일이 없을 텐데…….”

그러자 아이키가 말했다.

“나는 곧 찾으러 올 약을 만들어야 해.”

맥고완이 갑자기 고개를 쳐들고 말했다.

“말해봐, 아이키. 무슨 좋은 약이 없을까? 그녀에게 먹이면 나를 더 좋아하게 할 수 있는 그런 가루약 없나?”

아이키의 입술이 지적 우월감에서 비롯한 비웃음을 띠며 실룩거렸다. 그러나 그가 답하기 전에 맥고완이 말을 이었다.

“팀 레이시(Tim Lacy)가 나에게 말했어. 그가 언젠가 주택가의 의사에게서 그런 약을 구해 소다수에 섞어 여자에게 먹였다고 말이야. 그 여자가 한 모금 마셨더니 레이시가 매력적으로 보였고, 다른 남자들은 그녀의 눈에 차지 않았대. 그리고 2주도 안 되어서 결혼했지.”

맥고완은 힘세고 단순했다. 아이키보다 남자에 대해서 더 잘 아는 사람이었다면 그의 강인한 몸이 가는 철사에 묶여 있다는 것을 알 수 있었을 것이다. 적의 영토를 침략할 준비를 하는 명장처럼, 맥고완은 실패하지 않을 모든 대책을 찾으려고 애썼다.

그러다 맥고완이 희망에 차서 말했다.

“오늘 저녁 식사 때 로지에게 그런 약을 먹인다면 그녀가 용기를 얻어 또다시 약속을 어기지는 않겠지. 그녀를 억지로 끌고 가야 할 일이 생기지는 않을 거야. 하지만 여자들은 아무래도 뛰어가는 것보다는 마차를 타고 가는 편이 더 낫지. 그 약이 몇 시간만 효력이 있으면 될 텐데…….”

이에 아이키가 물었다.

“도망친다는 그런 어리석은 짓은 대체 언제쯤 할 건가?”

맥고완이 답했다.

“아홉 시야. 일곱 시는 저녁 식사가 있고, 여덟 시에 로지는 두통이라면서 잠자리에 들 거야. 아홉 시에는 파벤자노(Parvenazno) 노인이 나를 자기 집의 뒤뜰로 안내할 거고. 옆집이 리들 씨의 집인데, 울타리에 틈이 있거든. 나는 그녀의 창문 밑으로 가서 그녀가 비상 사다리로 내려오도록 도울 거야. 그리고 서둘러 목사에게로 가야 해. 로지가 중간에서 주저하지 않는다면 모든 일은 쉬울 거야. 아이키, 그런 약을 하나만 부탁할 수 있을까?"

아이키는 천천히 코를 문지르며 답했다.

"맥고완, 약사라도 그런 약을 함부로 주지는 못해. 하지만 자네에게는 그럴 수 있지. 자네를 위해 약을 만들어 주겠네. 로지가 그것을 먹고 나서 자네를 어떻게 생각하는지 알게 될 거야."

아이키는 안쪽에 있는 조제실로 갔다. 그곳에서 그는 4분의 1 그레인•의 몰핀을 함유하는 두 개의 가용성 정제를 가루로 만들었다. 그러고는 그 양을 늘리기 위해 약간의 유당을 첨가하고는 그 혼합물을 흰 종이에 쌌다. 성인이 이 가루약을 먹으면 몸에 아무 위험 없이 몇 시간 동안 깊은 잠을 잘 수 있게 해준다. 아이키는 이것을 맥고완에게 건네며, 가능하면 물에 타서 먹이라고 했다. 열렬한 구혼자인 맥고완은 진심을 담아 고마움을 표했다.

아이키가 왜 그랬는지는 그의 이후 행동에서 짐작할 수 있다. 그는 리들 씨에게 메신저를 보냈고, 로지와 도망치려는 맥고완의 계

• **그레인**(grain) 아주 적은 양을 나타내는 무게의 단위. 1그레인은 0.0648그램.

획을 까발렸다. 리들 씨는 건장한 남자였는데, 얼굴색이 벽돌 가루를 뒤집어쓴 것처럼 붉었고 성격도 급했다.

그는 아이키에게 전하라며 "매우 고맙네."라고 짧게 말했다.

'빌어먹을 아일랜드 녀석! 내 방이 로지 방 바로 위에 있으니까, 저녁을 먹고 나서 내 방으로 올라가 엽총을 장전하고 녀석을 기다려야지. 그놈이 내 집에 오면 결혼마차 대신 구급차를 타고 떠나게 될 게야.'

로지가 잠의 신 모르페우스의 품에 안겨 몇 시간 동안 깊은 잠에 빠져들고, 미리 계획을 알고 있던 그녀의 아버지가 무장하고 피에 굶주린 채 기다리고 있을 것을 생각하자, 아이키는 자신의 라이벌이 정말로 곤경에 처했다는 것을 느낄 수 있었다. 그는 블루라이트 약국에서 밤새도록 불의의 비극적 소식을 기다리고 있었다. 하지만 아무런 소식도 들을 수 없었다.

아침 8시에 점원이 출근했고, 아이키는 결과를 알기 위해 서둘러 리들 부인의 집으로 출발했다. 그런데 어찌 된 일인가? 맥고완이 지나가던 전차에서 뛰어내려 그의 손을 잡았다. 맥고완은 승자의 미소를 짓고 있었으며, 홍조 띤 얼굴에는 기쁨이 가득했다.

맥고완은 행복에 겨운 미소를 보이며 말했다.

"대성공이었어! 로지는 1분 1초도 어긋남 없이 비상 사다리가 있는 곳에 나타났고, 우리는 가까스로 9시 30분 조금 넘어 목사님 집에 도착했지. 그녀는 지금 내 아파트에 있어. 그녀는 오늘 아침에 파란색 기모노를 입고 달걀 요리를 해주었지. 맙소사! 나는 얼마나 운이 좋은지……. 아이키, 언젠가 우리 집에 한번 들러주게. 함께 식사라도 해야지. 나는 다리 근처에 일자리가 있어서 지금 그곳으로 가고 있다네."

아이키가 말을 더듬으며 물었다.

"그, 그, 그 약은?"

이에 맥고완이 활짝 웃으며 말했다.

"아, 자네가 준 그 약? 뭐, 대충 이래. 나는 어제저녁 리들 씨 집에서 식사하면서 로지를 바라보며 이렇게 생각했어. '맥고완, 이 여자를 얻으려면 떳떳한 방법으로 정정당당하게 해라. 그녀처럼 순진한 여자에게 속임수를 쓰지는 말자.' 하고. 그리고 내 호주머니에는 자네가 준 약봉지가 들어 있었지. 그때 내 눈이 거기에 있던 다른 사람을 보게 되었어. 그러고는 다시 생각했지. '그녀의 아버지는 장래의 사위에게 조금도 애정을 가지고 있지 않아.' 하고 말이야. 그래서 나는 기회를 틈타 그 약을 리들 씨의 커피에 탄 거야. 이제 알겠어?"

작품 들여다보기

이 작품은 한 여자를 좋아하는 두 남자를 소재로, 사랑이 이루어지는 과정을 위트와 반전을 통해 보여주고 있다.

'사랑의 묘약'은 그리스신화에 뿌리를 둔 말이다. 사랑의 묘약을 먹게 되면, 상대방을 하루만 못 봐도 병이 들고 사흘을 못 보면 죽을 수도 있다고 알려져 있다. 사랑의 묘약이라고 해서 반드시 약의 형태인 것은 아니다. 흔히 사랑에 빠진 경우를 '큐피트의 화살에 맞았다.'라고 빗대어 표현하는 것처럼, 로마신화에 나오는 큐피트의 화살도 사랑의 묘약에 해당한다.

인간은 예전부터 묘약을 써서라도 마음에 품고 있는 상대의 사랑을 얻고 싶어 했다. 학자들은 사랑에 빠진 상태를 '이끌림(attraction)', '도취(infatuation)' 혹은 누군가를 향한 집착적이고 강박적인 감정이란 뜻을 지닌 신조어인 '리머런스(limerence)'라고 부른다. 일종의 마취 상태에 있는 연인들은 각종 호르몬이 분비되는데, 이로 인해 행복감이 높아지고 상대에게만 몰두할 수 있게 된다. 이러한 호르몬도 사랑의 묘약이라 할 수 있겠다.

이 작품은 유능한 약사인 아이키 쇤슈타인과 그의 단골손님이자 친구인 청크 맥고완을 중심으로 이야기가 전개된다. 두 사람은 둘 다 로지라는 여성을 짝사랑한다. 아이키는 약국 안에서는 누구보다도 뛰어나고 대단하지만, 약국 밖을 나가면 행색도 초라하고 별 볼 일 없는 인물이다. 그는 동네의 아름다운 처녀인 로지를 짝사랑하고 있으며 그의 친구 맥고완 역시 로지를 좋아한다. 용기도 없고 나서지도 못하는 아이키는 괜히 심통만 내지만 용감한 청년 맥고완은 사랑하는 로지와 함께 도망가기로 한다. 그 과정에서 맥고완은 아이키에게 그녀를 유혹할 '사랑의 묘약'을 부탁하고, 아이키는 그의 도망 계획을 훼방 놓기 위해 수면제를 '사랑의 묘약'이라 속여 로지에게 몰래 먹이라고 한다. 그러나 결국 맥고완은 자신의 행동이 떳떳하지 못하다고 생각하고 마음을 바꿔 그 약을 로지 아버지의 커피에 타 넣음으로써 사랑의 도피는 성공하게 된다.

작품 속에서 아이키는 사회적으로 인정받는 지식인이지만 그의 본질은 겉모습과는 달리 형편없게 그려진다. 지식인의 탈을 쓴 채 허위의식에 사로잡힌 모습을 간접적으로 보여준다고 하겠다. 이에 반해 맥고완은 적극적이고 진취적인 인물로, 현실적이며 사회의 계급이나 권위, 형식과 규율로부터의 자유를 지향하지만 도덕성은 좀 떨어지는 인물이다. 하지만 맥고완은 뒤늦게 자신이 떳떳하지 못함을 깨닫고 도덕성을 회복하면서 사랑의 결실을 이루게 된다.
아이키가 현실적인 오 헨리의 모습을 대변하는 인물이라면, 맥고완은 관습의 제약이나 형식에서 벗어나기 위해 정신적인 자유를 추구했던 오 헨리의 인생관을 담고 있는 인물로 볼 수 있을 듯하다.

백작과 결혼식 초대 손님

The Count and the Wedding Guest, 1907

앤디 도노반(Andy Donavan)은 2번가에 있는 그의 하숙집에서 매일 저녁을 먹었다. 하루는 저녁 식사 시간에 새로 들어온 젊은 여자가 있었는데, 이름이 매기 콘웨이(Maggie Conway)였다.

콘웨이는 덩치가 작고 조용한 편이었다. 그녀는 평범한 갈색 드레스를 입고 있었는데, 저녁을 먹는 것 말고는 다른 데 관심이 없어 보였다. 그녀는 도노반을 올려다보며 이름을 말한 다음 다시 밥을 먹기 시작했다.

도노반은 호감 어린 미소로 그녀에게 인사했다. 그러고 나서 그 뒤로 그녀에 대해 별다른 생각을 하지는 않았다.

2주일 뒤 도노반은 집 밖에 앉아 선선한 저녁을 즐기고 있었다. 그때 등 뒤에서 누군가 다가오는 소리가 들렸다. 그는 고개를 돌렸고, 순간 멍해져서 그저 바라볼 뿐이었다.

콘웨이가 문밖으로 나오고 있었다. 그녀는 부드럽고 얇은 천으로 된 새까만 드레스를 입고 있었다. 모자도 검은색이었고, 손에는 검은 장갑을 끼고 있었다. 그녀에게서 흰색이나 다른 색은 전혀 찾아볼 수 없었다. 모든 것이 검었다. '그녀의 가족 중에 누군가가 죽었구나.' 하고 도노반은 확신했다.

그녀는 풍성하고 윤이 나는 금발 머리를 곱게 땋아 목덜미 아래로 늘어뜨리고 있었다. 얼굴은 그리 예쁘지 않았지만, 그녀의 큰 회색 눈은 아름다워 보였다. 그녀는 슬픈 표정으로 하늘을 올려다보았다.

온통 검은색이라……. 어떤 생각이 들 것 같은가? 온통 검은색 옷, 금발 머리, 슬프게 먼 곳을 바라보는 모습.

도노반은 갑자기 콘웨이에 대해 알고 싶어졌다. 그는 자리에서 일어서며 콘웨이에게 말했다.

"맑고 아름다운 밤이네요, 콘웨이 씨!"

그러자 콘웨이가 말했다.

"도노반 씨, 저는 그런 걸 즐길 마음의 여유가 없어요."

그러면서 그녀는 천천히 한숨을 내쉬었다.

"나는 당신의 가족 가운데 누구도 죽지 않았기를 바랍니다."

그러자 콘웨이가 "죽었어요."라고 말했다.

"저런! 당신의 슬픔을 이해할 수 있을 것 같군요."

콘웨이가 가벼운 미소를 지었다. 그런데 왠지 웃지 않았을 때보다 더 슬퍼 보였다.

그녀가 말했다.

"'웃어라, 그러면 세상이 그대와 함께 웃을 것이다.'라는 말이 있잖아요? 하지만 세상은 제 슬픔에 관심이 없어요. 나는 진작에 그것을 알았어요. 도노반 씨, 저는 이곳에 친구가 없어요. 그런데 당신은 저에게 친절하게 대해주시는군요. 고마워요."

그는 저녁 식사 때 그녀에게 소금을 건네준 것 말고는 딱히 친절했던 적이 없었다.

"뉴욕에서 혼자 산다는 것은 쉽지 않은 일이에요. 하지만 뉴욕 사람들이 친절할 때는 또 매우 친절하답니다. 우리, 공원에서 잠시 산책할까요? 당신에게 도움이 될지도 몰라요."

"고마워요, 도노반 씨. 나도 그러고 싶어요. 하지만 내 슬픔 때문에 당신까지 슬퍼지게 만들고 싶지 않아요."

그들은 열려 있는 공원 문을 지나 조용한 곳에 자리를 잡았다. 이때 콘웨이가 말했다.

"우리는 곧 결혼할 예정이었어요. 그는 진정한 백작이었지요. 이탈리아에 땅도 있고 큰 집도 있었어요. 그의 이름은 페르난도 마찌니(Fernando Mazzini)예요. 하지만 아버지는 내가 그와 결혼하는 것을 원하지 않았어요. 결국 우리는 결혼하기 위해 도망쳤는데, 아버지에게 붙잡혀 집으로 돌아왔지요. 저는 아버지와 페르난도가 싸울까 봐 두려웠어요.

하지만 아버지는 결국 동의해 주셨어요. 페르난도는 결혼 준비를 하기 위해 이탈리아로 떠났어요. 저는 아버지가 매우 자랑스러웠답니다. 왜냐하면 페르난도가 나에게 새 옷을 사라며 수천 달러를 주려고 했는데, 아버지가 그걸 거절했거든요. 페르난도가 이탈리아로 가고 나서 저는 도시로 왔어요. 그리고 가게에서 일하고 있어요.

사흘 전에 이탈리아에서 편지를 받았어요. 페르난도가 죽었다고 하더군요. 그래서 상복을 입은 거예요. 페르난도와 함께 제 마음도 죽어버렸어요. 도노반 씨, 저는 이제 누구에게도 관심을 가질 수 없답니다. 당신과 함께 웃으며 즐길 수 있는 친구들을 멀리하지 마세요. 이제 그만 집으로 다시 돌아갈까요?"

만약 어떤 여자가 남자에게 자신의 마음이 죽었다고 말한다면, 그 남자는 다시 그 마음을 살리고 싶어 할 것이다.

도노반이 말했다.

"죄송하지만 조금만 더 있다가 가면 안 될까요? 그리고 이 도시에 친구가 없다고 말하지 마세요, 콘웨이 씨. 나는 당신의 친구이고 당신이 그렇게 생각하기를 바라니까요."

그러자 콘웨이가 말했다.

"여기에 그의 사진이 있어요. 목걸이에 넣고 다니며 누구에게도 보여주지 않았는데, 도노반 씨께 보여드릴게요. 나는 당신을 진정한 친구라고 생각해요."

도노반은 한참 동안 유심히 그 사진을 들여다보았다. 마찌니 백작의 얼굴은 흥미로웠다. 현명하고 밝아 보였으며, 다른 사람들의

지도자가 될 만한 강인하고 행복한 얼굴이었다.

콘웨이가 말했다.

"제 방에 더 큰 사진이 있어요. 돌아가면 보여드릴게요. 페르난도를 기억할 만한 것은 사진밖에 없어요. 하지만 그는 늘 내 마음속에 살아 있을 거예요. 나는 그것을 확신해요."

도노반은 콘웨이 마음속에 있는 백작의 자리를 차지하고 싶어졌다. 그는 자신이 그럴 수 있을 거라고 생각했다. 그녀 곁에서 다정한 미소를 지어준다면…….

그들이 하숙집으로 돌아왔을 때, 콘웨이는 자신의 방으로 달려가 페르난도의 사진을 가져왔다. 도노반은 가만히 그 사진을 들여다보며 알 수 없는 표정을 지을 뿐이었다.

콘웨이가 말했다.

"그가 이탈리아로 떠나던 날 밤에 이것을 저에게 주었어요."

"잘생겼군요. 콘웨이 씨, 다음 주 일요일 오후에 저와 함께 코니아일랜드(Coney Island)에 가실래요?"

한 달 뒤 그들은 2번가에 있는 하숙집의 다른 사람들에게 결혼 소식을 알렸다. 콘웨이는 여전히 검은색 옷을 입고 있었다.

그러고 나서 일주일 뒤 도노반과 콘웨이는 공원에 가서 지난번 그 자리에 앉았다. 이날 도노반은 내내 근심 어린 얼굴로 말이 없었다. 콘웨이가 무슨 일이 있냐고 물었지만 도노반은 아무 일도 없다고만 했다.

"무슨 일 있어요, 앤디?"

"아무것도 아니에요, 매기."

"한 번도 이런 적이 없었잖아요. 뭐예요?"

"별거 아니에요."

"그래요? 하지만 나는 알고 싶어요. 다른 여자 때문인가요? 그렇다면 가버려도 괜찮아요. 팔 빼세요."

"그럼 말해줄게요. 하지만 당신이 이해하지 못할 수도 있어요. 혹시 마이크 설리번에 대해 들어본 적 있나요? 사람들은 그를 '빅 마이크 설리반'이라 불러요."

"저는 그 사람에 대해 들어본 적이 없어요. 누군데요?"

"그는 뉴욕에서 가장 영향력 있는 사람이에요. 매우 고상하고 이스트강처럼 마음이 넓거든요. 당신이 만약 빅 마이크에 대해서 나쁘게 말한다면 아마 당신을 비난하는 사람이 백만 명도 넘을 거예요. 빅 마이크는 우리의 친구이지만, 나는 그에 비하면 미미한 사람이지요. 하지만 그는 대단한 사람 못지않게 나 같은 사람에게도 좋은 친구가 되어준답니다. 오늘 우연히 그를 만났는데, 그가 어떻게 했을 것 같아요? 그가 나에게 다가와 악수를 청했어요. 나는 그에게 2주 뒤에 결혼할 거라고 말했지요. 그랬더니 그가 '결혼식에 갈게요.'라고 말하지 뭐예요. 그가 그렇게 말했으니 꼭 지킬 거예요. 그는 늘 자기가 한 말을 지키는 사람이니까요. 당신이 어떻게 생각할지 모르겠지만, 나는 우리 결혼식에 빅 마이크 설리번을 초대하고 싶어요. 그가 온다면 무척 자랑스러울 테니까요."

"그럼 오라고 하면 되잖아요?"

이에 도노반이 슬프게 말했다.

"그러지 못하는 이유가 있어요. 이유는 묻지 마세요. 말할 수 없으니까요."

"그런데…… 좀 웃으면 안 돼요?"

몇 분이 지나서 앤디가 말했다.

"매기, 마찌니 백작을 사랑한 만큼 나를 사랑하나요?"

도노반은 답을 기다렸지만 매기는 대답하지 않았다. 그러다가 문득 도노반의 어깨에 머리를 기대고 울기 시작했다. 그녀는 도노반의 팔을 잡고 흐느꼈는데, 눈물이 흘러 검은 드레스를 적셨다.

도노반은 당황스러워하며 그녀에게 말했다.

"매기, 매기. 왜 그러는지 말해봐요."

"앤디, 내가 말했던 것은 모두 사실이 아니에요. 백작은 애초에 없었고, 지금껏 나를 사랑한 남자도 없었어요. 다른 여자들은 다들 애인이 있는데 말이죠. 그리고 앤디, 당신도 알다시피 나는 검은색이 잘 어울려요. 그래서 사진을 사다가 백작 이야기를 지어낸 거예요. 검은색 옷을 입고 싶어서 그가 죽었다고 말했어요. 이렇게 거짓말을 했으니, 누가 나를 사랑할 수 있겠어요? 나는 당신 말고는 누구도 좋아한 적이 없어요. 이게 전부예요."

하지만 앤디는 그녀를 떠나지 않았다. 오히려 그는 팔을 뻗어 그녀를 더 가까이 끌어안았다. 그녀는 고개를 들어 그가 웃고 있는 것을 보았다.

"아직도 나를 사랑하나요, 앤디?"

"물론이죠. 당신 얘기는 그럴듯했어요. 그리고 나는 당신이 결혼식 전에 말해주기를 바라고 있었어요."

잠시 뒤 매기가 말했다.

"백작에 대한 이야기를 모두 믿지는 않았군요?"

"네, 그럴 수가 없었어요. 당신이 목에 걸고 있는 것은 빅 마이크 설리반의 사진이니까요."

작품 들여다보기

이 작품 역시 오 헨리 특유의 위트와 반전이 돋보인다. 소설을 다 읽고 나면 '백작과 결혼식 초대 손님'이라는 제목이 무슨 뜻인지 이해되고, 살며시 미소가 지어지기도 한다. 도노반의 마음과 노력으로 '결혼'이라는 결실을 맺는 것 같았으나, 이어지는 콘웨이의 고백으로 반전, 그리고 그 고백에 대한 도노반의 대응으로 또 한 번의 반전을 이루며 작품이 마무리된다.

처음에 도노반은 하숙집에 새로 온 콘웨이를 소개받고 나서 별 마음을 두지 않았다. 그녀를 본 도노반은 한번 스쳐 지나갈 사람이라는 생각에 딱히 이름을 기억하려 하지도 않았다. 그런데 우연히 다시 만난 그녀는 순수한 모습에 다 보살펴 주고 싶은 슬픈 얼굴을 하고 있었고, 그녀의 눈빛에 끌려 말을 걸었다. 콘웨이는 약혼자였던 페르난도가 죽어 슬픈 날이라고 말하며 페르난도에 관한 이야기를 해준다. 도노반은 콘웨이와 이야기를 나누다 조금씩 친해졌고, 한 달 뒤 둘은 결혼하기로 한다.

결혼 전 우울해 보이는 도노반은 마이크 설리반이라는 유명하고 덕망 높은 사람이 결혼식에 오겠다고 했는데 그를 초대할 수 없어 무척 슬프다고 고백한다. 초대하지 못하는 이유는 비밀이라면서. 그리고 도노반은 콘웨이에게 마찌니 백작만큼 자신을 사랑하는지 묻는다.

콘웨이는 울면서 자기는 연애를 해본 적이 없고 자기가 한 말이 모두 거짓임을 밝힌다. 그러나 도노반은 그녀가 거짓말을 한 것을 다 알고 있었다.

사람들이 거짓말을 하는 이유는 여러 가지겠지만, 콘웨이의 경우는 자신의 능력을 과장하거나 낮은 자존감을 극복하기 위한 거짓말이라 할 수 있다. 이런 거짓말을 하는 까닭은 본인의 부족한 부분을 숨기고 다른 사람들에게 관심을 받으려는 욕구 때문이다. 이런 거짓말로 눈앞에 닥친 상황을 모면할 수는 있어도 본질적인 원인과 상황을 해결하지는 못한다. 또 상황을 모면하려는 거짓말이 지속되다 보면 대인관계 단절이나 심한 우울감 등으로 이어질 수 있다.

거짓말을 멈추려면 본인의 상황이나 행동을 인정해야 한다. 이때 '인정'이란 상대방에게 '나는 거짓말쟁이야!'라고 고백하는 것을 넘어서서 본인의 행동을 스스로 받아들이고 반성하는 과정을 뜻한다. 거짓말을 해본 사람이라면 누구나 알 것이다. 거짓말을 하기는 쉬워도 콘웨이처럼 거짓을 진솔하게 밝히는 것이 쉽지 않다는 것을.

손질된 등불

The Trimmed Lamp, 1907

물론 일에는 두 가지 측면이 있다. 그중 하나에 대해서 생각해 보자. 우리는 종종 '점원아가씨(shop-girls)'라고 부르는 소리를 듣는다. 하지만 그런 종류의 여성이 따로 있는 것은 아니다. 다만 상점에서 일하는 아가씨들이 존재할 뿐이다. 그들은 그렇게 생계를 유지한다. 그런데 왜 우리는 그들의 직업을 형용사로 사용할까? 그것은 공평하지 않은 일이다. 우리가 5번가에 사는 아가씨들을 '결혼아가씨(marriage-girls)'라고 부르지는 않으니까.

루와 낸시는 친구였다. 그들은 먹고살기 어려울 만큼 가난했기 때문에 일자리를 찾아 대도시로 왔다. 낸시는 열아홉 살, 루는 스무 살이다. 둘 다 예쁘고 활달하며, 최고가 되겠다는 야심 따위는 전혀 없는 시골 소녀들이다.

하늘의 천사들이 싸고 꽤 괜찮은 하숙집으로 그녀들을 인도해 주었다. 둘은 모두 일자리를 얻어 월급쟁이가 되었고, 여전히 사이가 좋았다. 내가 앞으로 소개하려는 것은 그로부터 6개월 뒤의 이야기다. 참견하기를 좋아하는 여성 독자들은, 낸시와 루를 만나게 되면 그들의 옷차림을 눈여겨보시길. 물론 조심스럽게! 왜냐하면 그녀들은 마술(馬術)쇼의 특등석에 앉은 여성들이 그렇듯, 자신을 빤히 쳐다보면 금세 기분이 안 좋아질 수도 있으니까.

루는 세탁소에서 다리미질하는 일을 한다. 그녀는 몸에 잘 맞지 않는 보라색 드레스를 입고, 4인치나 되는 기다란 깃이 달린 모자를 썼다. 그녀의 족제비 가죽 머프와 스카프는 25달러인데, 이런 모피 제품은 철이 끝날 때쯤이면 7달러 98센트에 진열장에 나온다. 그녀의 뺨은 발그레했고, 옅은 푸른빛 눈은 반짝였으며, 만족감이 넘쳐흘렀다.

낸시는, 습관적으로 부르는 대로 하면 '점원아가씨'이다. 정해진 방식은 없지만, 괴팍한 사람들은 전형적인 점원아가씨의 차림새를 바라기도 한다. 낸시는 뒷머리를 높게 땋아 올리고 앞머리는 쓸어올린 퐁파두르식 머리를 하고 있었다. 그리고 모직물로 만든 치마에는 주름이 잘 잡혀 있었다. 그녀는 쌀쌀한 봄기운을 막을 수 있는 모피 제품은 없었지만, 마치 페르시아 양피 가죽옷처럼 보이는 경쾌하고 짧은 브로드클로스(broadcloth) 재킷을 입고 있었다. 그녀의 얼굴과 눈에는, 유형을 추구하는 사람들이 바라는 전형적인 점원아가씨의 표정이 있었다. 그것은 기만당한 여성들에 대한 조용하지만 경멸적인 반항의 모습이며, 다가올 복수에 대한 슬픈 예언의 표시다. 그녀가 가장 크게 웃을 때도 그런 표정이 남아 있다. 러시아 농민의 눈에서도 이와 같은 모습을 볼 수 있다. 그리고 우리는 언젠가 가브리엘 천사가 우리를 단죄하러 올 때, 가브리엘의 얼굴에서 그 표정을 볼 수 있을 것이다. 그리고 그것은 남자들을 약해지게 하고 부끄러워하게 할 표정이다. 남자들은 그런 표정을 보고 능글맞게 웃으며 꽃다발을 갖다 바치기 마련이다.

이제 그녀들과 작별 인사를 나누고 이야기로 들어가 보자. 루의 "다시 만나요."라는 유쾌한 인사, 그리고 냉소적으로 보이지만 왠지 아쉬운 듯한 낸시의 달콤한 미소와 별을 향해 지붕 위로 오르는 흰 나방의 날갯짓 같은 눈인사를 받으며.

두 사람은 길모퉁이에서 댄을 기다렸다. 댄은 루의 한결같은 남자 친구였다. 충실하냐고? 음, 그는 성모 마리아가 잃어버린 양을 찾기 위해 열두 명의 일꾼을 고용해야 할 때 도움을 줄 수 있는 사람이다.

루가 말했다.

"춥지 않니, 낸시? 말해봐, 그런 오래된 가게에서 일주일에 8달러를 받고 일하는 네가 얼마나 멍청한지. 나는 지난주에 18달러 50센트를 벌었어. 물론 다림질이 카운터 뒤에서 레이스를 파는 것만큼 대단한 일은 아니지만 돈은 된다니까. 다림질하는 여자들은 적어도 10달러는 벌어. 그리고 나는 그 일이 그렇게 존중받지 못할 일이라고 생각하지 않아."

그러자 낸시가 코를 치켜올리며 말했다.

"그렇게 생각할 수 있지. 하지만 나는 1주일에 8달러를 받고 문간방에서 살아도 괜찮아. 나는 좋은 상품들과 근사한 사람들 사이에 있는 것이 좋아. 내가 가진 기회를 봐! 글쎄, 장갑을 파는 여점원 중 한 명이 피츠버그 사람이랑 얼마 전에 결혼했어. 그는 제철소인지 철공소인지 아무튼 그런 일을 하는 사람인데, 백만장자래. 나도 언젠가는 멋있는 사람을 잡을 수 있을 거야. 내 외모나 어떤 것을 뽐내려는 게 아니야. 다만 큰 운이 닿으면 기회를 잡을 거야. 세탁소에서 여자가 무슨 빛이 나니?"

루가 의기양양하게 답했다.

"왜, 나는 거기서 댄을 만났는데. 그는 나들이용 셔츠와 칼라 셔츠를 찾으러 왔다가 맨 앞의 다림대에서 다림질하는 나를 본 거야. 우리는 누구나 맨 앞 다림대에서 일하고 싶어 해. 그날은 엘라 마기니스(Ella Maginnis)가 아파서 못 나왔는데, 내가 그 자리를 차지한 거지. 댄이 말하길, 둥글고 하얀 내 팔에 처음 관심이 갔대. 내가 소매를 걷어 올리고 있었거든. 종종 멋쟁이 신사들도 세탁소에 와. 그런 사람들은 정장 케이스에 옷을 넣어 오는데, 대개는 느닷없이 문을 열고 들어오지."

낸시는 눈에 거슬리는 옷을 내려다보며 눈살을 찌푸린 채 질책하듯이 말했다.

"어떻게 그런 블라우스를 입니, 루? 꼴불견이야."

루는 눈이 휘둥그레진 채 외쳤다.

"이 블라우스? 왜 그래, 16달러나 주고 산 블라우스야. 25달러의 가치는 있는 거라고. 어떤 부인이 세탁을 맡기고는 끝내 찾아가지 않았어. 그래서 사장님이 나에게 팔았지. 손으로 여러 군데에 자수를 놓은 거야. 네가 입고 있는 보기 흉하고 꼴사나운 옷이나 신경 써."

이에 낸시가 침착하게 말을 받았다.

"이 보기 흉하고 꼴사나운 옷은 밴 알스타인 피셔(Van Alstyne Fisher) 부인이 입던 것을 본떠서 만든 거야. 여점원들 말로는, 작년에 우리 가게에서 끊은 계산서가 1만 2천 달러였대. 이 옷은 내가 직접 만들었어. 1달러 50센트로 말이야. 10피트만 떨어지면 그 부인의 옷과 구별할 수 없을걸."

루가 상냥하게 말했다.

"아, 그래? 굶어 죽더라도 뽐내고 싶다면 계속해. 어쨌든 나는 내 일을 하면서 더 많은 돈을 벌 거야. 그러면 나중에는 화려하고 매력적인 옷을 얼마든지 사 입을 수 있게 되겠지."

바로 그때, 댄이 찾아왔다. 그는 경박한 티가 하나도 없는 기성품 넥타이를 맨 단정한 청년이었다. 그는 1주일에 30달러를 버는 전기 기술자였다. 그는 로미오와 같은 슬픈 눈으로 루를 쳐다보면서, 그녀의 수놓은 블라우스가 어떤 파리라도 잡히면 기뻐할 거미

줄 같다고 생각했다.

루가 말했다.

"내 친구 오웬스(Owens) 씨, 댄포드(Danforth) 양과 인사하세요."

댄이 손을 내밀며 말했다.

"댄포드 양, 만나서 반갑습니다. 루에게 얘기 많이 들었어요."

낸시는 손끝만 잡은 채 냉담하게 악수하며 말했다.

"반가워요. 저도 얘기 자주 들었어요."

루가 낄낄거리며 말했다.

"낸시, 그런 악수도 알스타인 피셔 부인에게 배웠니?"

"그렇다면 너도 배워두는 게 좋을걸."

"아니, 나는 전혀 필요 없어. 나한테는 너무 고상해. 그런 고상한 악수는 다이아몬드 반지를 돋보이게 하려고 할 때나 하는 거지. 그런 반지를 몇 개 가지고 난 뒤에 한번 해볼게."

이에 낸시가 재치 있게 말했다.

"일단 배워둬. 그러면 반지를 가질 수 있는 가능성이 더 높아질 거야."

댄이 유쾌한 미소를 지으며 말했다.

"자, 이 논쟁을 정리하기 위해 한 가지 제안을 할게요. 두 사람을 티파니 보석 가게에는 못 데려가지만, 작은 공연장은 어때요? 입장권을 샀어요. 진짜 다이아몬드 반지를 낀 사람과 악수할 수는 없지만, 공연에 나오는 다이아몬드(다이아몬드처럼 빛나는 주인공)를 구경하는 건 어때요?"

충실한 친구는 차도 쪽에 가까이 서고, 그 옆에는 밝고 예쁜 옷을 입은 작은 공작새 같은 루가 서고, 맨 안쪽에는 날씬하고 참새같이 칙칙한 색의 옷을 입은 낸시가 밴 알스타인 피셔 부인처럼 걸어갔다. 이렇게 세 사람은 그들에게 걸맞은 저녁 한때를 즐기기 위해 출발했다.

나는 사람들이 큰 백화점을 교육기관으로 여긴다고 생각하지 않는다. 하지만 낸시가 일하는 백화점은 그녀에게 그런 곳이었다. 그녀는 세련되고 고상함을 풍기는 아름다운 물건들에 둘러싸여 있었다. 만약 당신이 그런 호화로운 곳에 산다면, 당신의 돈으로 살든 다른 사람의 돈으로 살든 만족감이 클 것이다.

그녀가 상대하는 사람들은 대부분 여성이다. 그들은 옷, 태도, 사교계에서의 지위가 평가 기준이 된다. 그래서 낸시는 자기 관점에 따라, 그들 각자가 가진 가장 좋은 점을 배우기 시작했다.

그녀는 어떤 부인에게서는 몸짓을, 다른 부인에게서는 표정이 잘 드러나게 눈썹을 치켜올리는 방법을, 또 다른 부인에게서는 걸음걸이를 따라 하며 연습했다. 핸드백을 드는 법, 미소 짓는 법, 친구에게 인사하는 법, 아래 사람을 부를 때 어떤 호칭을 쓰는지 등도 배웠다. 또 그녀는 자신이 가장 사랑하는 롤모델인 알스타인 부인의 훌륭한 점, 즉 은빛처럼 깨끗하고 티티새의 울음소리 같은 부드럽고 낮은 목소리를 배웠다. 그녀는 이러한 상류 사교계의 교양과 세련된 분위기에 사로잡혀 있었기 때문에 더 깊은 영향을 받을 수밖에 없었다. 좋은 습관이 훌륭한 원칙보다 나은 것처럼, 훌륭한 태도는 좋은 습관보다 더 낫다. 부모들의 가르침만으로 뉴잉글랜드의 양식을 지켜나가지 못할 수도 있지만, 의자에 반듯이 앉아 '프리즘과 순례자'•라는 말을 40번만 반복하면 악마도 달아나 버릴 것이다. 그리고 낸시가 알스타인 부인의 톤으로 말할 때, 그녀는 뼛속까지 '노블레스 오블리주(noblesse oblige)'의 전율을 느꼈다.

이 큰 백화점 학교에는 또 다른 배움의 원천이 있었다. 점원아가씨들이 서너 명씩 모여 쇠줄로 만든 팔찌를 쩔렁거리며 겉으로 보기에 시시한 대화를 나누는 것을 볼 때마다, 그들이 에델(Ethel)의 뒷머리 모양을 평하려고 모여 있다고 생각해서는 안 된다. 이 모임은 남성들의 심의기관보다는 품위가 떨어질 수 있다. 하지만 그것은 이브와 그녀의 첫째 딸이 머리를 맞대고 아담에게 집안에서의 그의 정당한 위치를 이해시키려고 했던 경우만큼 중요한 의미를 가지고 있다. 그것은 공동 방위뿐 아니라, 세상이라는 무대에 맞서는 공격 전술이나 자신들에게 끊임없이 꽃다발을 던지는 남성들에 대해 논의하기 위한 여성들의 모임이다. 여성들은 새끼 동물들보다 더 나약하다. 새끼 사슴처럼 우아하지만 날렵함은 없고, 새처럼 아름답지만 날 수 있는 힘은 없으며, 꿀벌이 옮기는 꿀 같은 달

• **프리즘과 순례자**(prisms and pilgrims) '몹시 고상한 체하는 태도나 말씨'를 뜻하는 'prunes and prisms'으로 보임.

콤함이 있지만…… 아, 이 비유는 그만두자. 누군가는 벌에 쏘였을 수도 있으니까.

이런 전략회의를 하는 동안, 그들은 서로 무기를 주고받으며 각자 삶에서 고안하고 만들어낸 전술들을 교환했다.

새디(Sadie)가 말했다.

"나는 그 사람에게 이렇게 말하겠어. '당신은 풋내기네요! 내가 누군지 알고 그런 말을 하는 거예요?' 그러면 그가 나에게 뭐라고 대답할까?"

갈색, 검정색, 금색, 붉은색, 그리고 노란색 머리들이 동시에 끄덕였다. 답이 나온 것이다. 그 이후에 공동의 적인 남성과의 투쟁에서 공격을 피하는 방법이 결정된다. 그리하여 낸시도 방어의 기술을 배웠다. 여성에게는 성공적인 방어가 곧 승리를 의미한다.

백화점의 커리큘럼은 폭이 넓다. 아마 어떤 대학도 그녀의 인생 목표, 즉 성공적인 결혼을 백화점만큼 잘 지도해 주지는 못할 것이다.

백화점에서 낸시가 일하는 장소는 인기 있는 곳이다. 음악실이 가까이 있어서 최고 작곡가들의 곡들을 늘 들을 수 있었다. 이런 환경은 최소한 그녀가 막연히 발을 들여놓고 싶어 하는 사교계에서 가치를 높일 수 있는 지식을 제공한다. 또 그녀는 도자기, 비싸고 우아한 옷감, 여성들에게는 문화와도 같은 장신구 등에 대한 안목도 키웠다.

다른 여점원들은 곧 낸시의 야망을 알게 되었다. 그들은 그럴싸해 보이는 남자가 낸시가 일하는 곳 가까이 갈 때마다 그녀를 부르며 "낸시, 너의 백만장자가 오고 있어."라고 했다. 같이 온 여자가 쇼핑을 하는 동안 어슬렁거리던 남자들은, 습관적으로 손수건이 진열되어 있는 곳으로 가서 서성거린다. 낸시가 따라 하고 연습한 세련된 분위기와 우아한 아름다움은 눈길을 끌었다. 그래서 많은 남자들이 그녀에게 다가와서 점잔을 피웠다. 그들 중 일부는 백만장자였을 수도 있지만, 나머지는 분명히 교묘하게 흉내만 내는 사람들이었다. 낸시는 그것을 구별하는 법도 배웠다. 손수건 진열장 끝에는 창문이 하나 있는데, 그들이 거리에 세워놓은 자동차 행렬을 볼 수 있었다. 그녀는 자동차가 주인의 모습만큼 멋지지 않을 수도 있다는 것을 알게 되었다.

한번은 매혹적인 신사가 손수건 40장을 사고 나서는 마치 코페추어 왕* 같은 태도로 카운터 너머에 있는 그녀에게 눈길을 보냈다. 낸시가 반응하지 않았고, 그가 떠났을 때 한 여점원이 말했다.

"낸시, 뭐가 문제니? 그런 사람에게 마음을 열지 않다니. 내가 보기에 확실히 그는 아주 좋은 상품처럼 보이던데."

낸시는 가장 멋지고, 가장 상냥하고, 가장 냉담한 알스타인 부인 같은 미소를 띠며 말했다.

* **코페추어 왕**(King Cophetua) 여자를 싫어했으나 거지 처녀와 결혼한 아프리카 전설에 나오는 왕.

"그 사람이? 내가 보기에는 아니야. 창밖으로 그가 타고 온 자동차를 보았는데, 12마력짜리 차에다가 아일랜드 운전사였어. 그가 어떤 손수건을 샀는지 봤어? 실크 손수건이야. 게다가 그 사람은 손가락 염증이 있더라. 세상에! 최고가 아니면 필요 없어."

이 백화점에서 가장 세련된 두 사람인 매장 주임과 회계원은 종종 함께 식사하는 몇몇 멋진 신사 친구가 있다. 한번은 그들이 낸시를 식사 자리에 초대했다. 만찬은 1년 전 새해 전날 밤에 테이블이 꽉 차 있는 멋진 카페에서 열렸다. 그 자리에는 두 명의 신사 친구가 있었는데, 한 명은 상류사회에 살다 보면 그렇게 되는 건지, 머리카락이 하나도 없는 대머리였다. 그리고 다른 한 사람은 젊은 남자였는데, 자신의 재산과 교양이라는 두 가지 확실한 방법으로 좋은 인상을 남기려고 했다. 그는 모는 포도주에서 코르크 냄새가 난다고 궤변을 늘어놓았고, 다이아몬드가 박힌 커프스단추를 달고 있었다. 이 젊은 남자는 낸시에게서 매력적인 장점들을 인지했다. 그는 점원아가씨들에게 관심이 있었다. 그리고 여기에, 그가 속한 고급 사교계의 말투와 예절뿐만 아니라 그녀의 신분에 맞는 순박한 매력까지 갖춘 사람이 있었다. 그래서 그다음 날, 그는 백화점에 나타나 표백한 아이리시 리넨으로 둘레를 장식한 상자를 건네며 진지하게 청혼했다. 그러나 낸시는 거절했다. 10피트쯤 떨어진 곳에서 갈색 머리를 퐁파두르식으로 빗어 올린 여점원이 눈과 귀를 집중하고 있었다. 거절당한 구혼자가 가버리자 그녀는 낸시를 향해 비난과 혐오를 퍼부으며 달려왔다.

"너 정말 한심한 바보구나! 그 사람은 백만장자야. 밴 스키틀스(Van Skittles) 노인의 조카라고. 그리고 그는 진심으로 말했어. 낸시, 너 미친 거니?"

"내가 미쳤다고? 내가 그를 잘못 봤다고? 그는 네가 생각하는 것처럼 백만장자가 아니야. 그의 가족이 그에게 1년에 2만 달러밖에 주지 않는대. 지난번에 함께 저녁 식사를 할 때 대머리 아저씨가 그에 대해 말해줬어."

퐁파두르식 갈색 머리 아가씨는 더 가까이 다가와서 눈을 가늘게 떴다. 그러고는 쉰 목소리로 물었다.

"말해봐. 원하는 게 뭐야? 그 정도면 충분하지 않니? 모르몬교도(Mornon)가 되어 록펠러(Rockefeller)와 글래드스톤 도위(Gladstone Dowie), 스페인 왕 모두와 결혼하고 싶니? 1년에 2만 달러면 충분하지 않아?"

낸시는 검고 냉정한 눈으로 흔들림 없는 시선을 유지했지만 얼굴은 약간 상기된 채 설명했다.

"돈 때문만은 아니었어, 캐리(Carrie). 그날 저녁 식사 때, 그는 큰 거짓말을 하다가 친구에게 들켰어. 그것은 그 사람이 함께 간 적이 없다고 했던 어떤 여자에 관한 거였어. 음, 나는 거짓말쟁이는 참을 수 없어. 한마디로 말해서, 나는 그를 좋아하지 않아. 그게 다야. 나는 할인 판매할 때처럼 팔려 가지는 않을 거야. 어쨌든 나는 남자답고 의젓한 사람을 원해. 그래, 나는 탐나는 사람을 찾고 있어. 장난감 은행놀이처럼 설레발치는 것 이상의 무언가를 할 수 있어야 해."

퐁파두르 식으로 갈색 머리를 올린 여점원이 걸어가면서 말했다.

"정신병원에나 가라!"

낸시는 주급 8달러로 살아가면서도, 이상(理想)까지는 아니더라도 고상한 생각을 가지고 있었다. 그녀는 날마다 마른 빵을 먹고 허리띠를 졸라매면서 미지의 훌륭한 결혼 상대자를 찾아 헤맸다. 그녀의 얼굴에는 타고난 남자 사냥꾼의 나약하면서도 용감하고, 달콤하면서도 엄격한 미소가 있었다. 그녀에게 백화점은 숲이었다. 여러 번 그녀는 넓적하고 커다란 뿔을 가진 사슴처럼 보이는 사냥감에게 엽총을 겨누었다. 그러나 늘 어떤 내재된 본능(사냥꾼의 본능인지 여자의 본능인지 알 수 없지만)이 발포를 멈추고 또다시 추적하게 만들었다.

루는 세탁소에서 착실히 일했다. 주급 18달러 50센트를 받아 6달러는 하숙비를 내고 나머지는 주로 옷을 사는 데 썼다. 그녀가 취향과 태도를 개선할 만한 기회는 낸시와 비교하면 거의 없었다. 수증기가 가득한 세탁소에는 일거리밖에 없었다. 그녀는 일하는 동안 다가올 저녁 시간의 즐거움을 생각했다. 값비싸고 화려한 옷들이 수없이 그녀의 다리미 밑으로 지나갔다. 아마도 옷에 대한 그녀의 애착은 이렇게 다리미를 통해 그녀에게 전달되었을지도 모른다.

하루의 일과가 끝났을 때, 댄이 밖에서 루를 기다렸다. 그리고 댄은 그녀가 서 있는 어떤 등불 아래에서도 충실한 그림자가 되었다. 때때로 그는 유행을 따르기보다는 점점 더 화려해지는 루의 옷을 걱정스러운 눈길로 바라보았다. 그러나 이것은 불충해서가 아니었다. 거리에서 그녀가 다른 사람들의 관심을 끄는 것이 싫어서였다.

루도 댄 못지않게 그에게 충실했다. 그리고 낸시는 두 사람이 어디를 가든 그들과 함께 가는 것이 버릇처럼 되었다. 댄은 기꺼이 군짐을 짊어졌다. 말하자면, 기분 전환을 하기 위해 다니는 세 사람 가운데 루는 화려함을, 낸시는 분위기를, 댄은 짐을 담당했다. 댄은 그들을 호위할 때 기성복 정장에다 기성품 넥타이를 맨 단정한 차림이었다. 그는 결코 놀라거나 이러쿵저러쿵하지 않았을 뿐 아니라, 한결같고 상냥하며 재치 있고 재미있었다. 그는 함께 있는 동안에는 잊어버리기 쉽지만, 헤어지고 나면 분명히 떠올릴 만한 좋은 사람이었다.

고상한 취향을 가진 낸시로서는 이렇게 평범하게 즐기는 것이 때때로 좀 씁쓸하기도 했다. 그러나 그녀는 젊었다. 젊은이들은 미식가가 될 수 없을 때 대식가가 된다.

루가 언젠가 낸시에게 말했다.

"댄은 늘 나와 당장이라도 결혼하고 싶어 해. 하지만 내가 왜 그래야 해? 나는 혼자서도 잘살 수 있어. 내가 번 돈으로 내 마음대로 할 수 있으니까. 하지만 그는 결혼하고 나서도 내가 계속 일하는 것에 결코 동의하지 않을 거야. 말해봐, 낸시. 너는 무엇 때문에 그 오래된 백화점에 계속 있으려고 하니? 잘 먹지도 못하고 잘 입지도 못하잖아? 나는 네가 온다고 하면 지금 당장 세탁소에 자리를 마련할 수 있어. 내가 생각하기에는, 네가 더 많은 돈을 벌게 되면 애써 잘난 척하지 않아도 될 거야."

낸시가 말했다.

"루, 나는 내가 잘난 척한다고 생각하지 않아. 나는 적은 돈을 받더라도 지금 직장에 머물고 싶어. 이제 거기에 익숙해진 것 같아. 내가 원하는 것은 기회야. 언제나 카운터 뒤에 있지는 않을 거야. 나는 날마다 새로운 것을 배우고 있어. 언제나 세련되고 부유한 사람들을 상대하고 있으니까. 내가 비록 그들을 시중드는 일을 한다 해도, 나는 지나가는 말 한마디도 놓치지 않아."

루가 장난스럽게 웃으며 물었다.

"아직도 너의 백만장자를 못 잡았니?"

낸시가 대답했다.

"아직 고르지 못했어. 그런 사람을 계속 찾고 있지."

"맙소사! 아직도 고르고 있다고? 한 사람도 지나치지 못하게 해. 몇 달러에 벌벌 떠는 사람이라도 말야. 하지만 물론 농담이겠지? 백만장자들은 우리 같은 직업의 여자들에게는 관심이 없어."

이에 낸시가 냉정하면서도 재치 있게 말했다.

"만약 그렇다면 그들에게 더 좋을 수 있어. 우리 중 일부는 그들에게 돈을 관리하는 방법을 가르쳐줄 수 있으니까."

루가 웃으며 말했다.

"백만장자가 나에게 말을 걸었다면 나는 너무 좋을 것 같은데."

"그건 네가 아무것도 모르기 때문이야. 거물과 다른 사람들 간의 유일한 차이점은 그들을 더 자세히 들여다봐야 한다는 거야. 루, 그 코트에 빨간 비단 안감이 너무 밝다고 생각하지 않니?"

루는 낸시의 평범하고 칙칙한 올리브색 재킷을 바라보며 답했다.

"글쎄, 나는 그렇지 않은데. 하지만 네가 입고 있는 빛바랜 옷 옆에서는 그렇게 보일지도 모르겠네."

낸시가 만족스러워하며 말했다.

"이 재킷은 전에 피셔 부인이 입었던 것과 똑같이 만들었어. 천값은 3달러 98센트지. 피셔 부인의 옷은 대략 100달러도 넘을걸."

루가 가볍게 말을 받았다.

"아, 그래? 나는 그게 백만장자를 낚을 것 같아 보이지 않는데. 어쨌든 너보다 내가 먼저 잡아도 이상하지 않을 것 같아."

사실 이 두 친구가 주장하는 견해의 가치를 판가름하려면 철학자를 데려와야 할 것이다. 루는 최소한의 삶을 위해 상점이나 사무실에서 일하고 있는 여자들이 지닌 어떤 자존심이나 괴팍함이 없었다. 그녀는 시끄럽고 숨 막히는 세탁소에서 흥겹게 다림질을 했다. 그녀의 급여는 안락한 생활을 하고도 남을 정도였다. 그래서 그녀의 옷차림이 점점 좋아지자, 그녀는 단정하지만 세련되지 않은 댄의 옷을 보고 참을 수 없다는 듯이 종종 곁눈질을 했다. 비록 댄 자체는 꾸준하고 성실하고 틀림없는 사람이긴 하지만.

낸시 같은 경우는 수만 명 가운데 하나였다. 훌륭한 교양과 멋을 지닌 품위 있는 세계에서 비단, 보석, 레이스, 장신구, 향수, 음악(이것들은 여성을 위해 만들어졌다.) 등을 그녀도 공평하게 누릴 수 있었으니까. 그것들이 그녀의 삶의 일부라면, 그리고 그녀가 원한다면 그것들과 가까이 있을 수 있게 내버려두어야 한다. 그녀는 에서(《구약성서》에 나오는 이삭의 장남으로 죽 한 그릇 때문에 동생 야곱에게 장남의 권리를 팔았음)처럼 자신을 배신하지는 않을 것이다. 벌이가 아주 적더라도 자기의 권리와 생계를 지켜나가는 동안은.

낸시는 이러한 분위기에 둘러싸여 있었다. 그녀는 결연하고 만족스러운 마음으로, 먹고 입는 데 쓰는 돈을 아꼈다. 그녀는 이미 여자에 대해서 잘 알고 있었고, 남성이라는 동물의 습성과 적격성을 연구하고 있었다. 언젠가 그녀는 자신이 원하는 사냥감을 얻을 것이다. 하지만 그녀는 그 사냥감이 가장 크고 좋아 보이는 것이어야 하고, 작은 것이면 안 된다고 스스로 다짐했다. 그래서 그녀는 그런 신랑감을 맞이하기 위해 등불을 손질하고 불을 밝혀놓았다.

그러나 그녀는 무의식적으로 또 다른 교훈도 얻었다. 그녀의 가치 기준이 흔들리고 변하기 시작한 것이다. 종종 그녀의 마음속에서 달러 표시가 흐릿해지면서 '진실', '명예', 그리고 때때로 '친절'과 같은 글자들이 만들어졌다. 어떤 큰 숲에서 무스나 엘크를 사냥하는 사람의 모습을 떠올려 보자. 그는 이끼 끼고 나무들이 울창한 작은 골짜기에서 실개천이 그에게 휴식과 위안을 속삭이며 흐르는 것을 발견한다. 이때에는 니므롯(Nimrod)의 창도 무디어지기 마련이다.

그래서 낸시는 종종 궁금했다. 페르시아 양가죽의 시세가 그것을 사고 싶어 하는 사람이 생각하는 시장 가치에 따라 매겨지는 것인지?

어느 목요일 저녁, 낸시는 가게를 나와 6번가를 가로질러 서쪽에 있는 세탁소로 향했다. 그녀는 루와 댄과 함께 뮤지컬을 보러 가려고 했다.

그녀가 도착했을 때, 댄이 막 세탁소에서 나오고 있었다. 그는 언짢고 불편한 표정으로 낸시에게 말했다.

"나는 사람들이 루에게서 들은 말이 없는지 알아보려고 잠깐 들렀어요."

그러자 낸시가 물었다.

"루가 여기에 없어요?"

댄이 대답했다.

"알고 있을 줄 알았는데……. 루는 월요일부터 여기에 나오지 않았고, 집에도 가지 않았어요. 집에 있던 물건도 모두 옮겼고요. 루가 세탁소에서 일하는 한 친구에게 유럽에 갈 수도 있다고 말했대요."

냔시가 물었다.

"루를 본 사람이 아무도 없나요?"

댄은 턱을 굳게 다문 채 낸시를 바라보았다. 그리고 흔들리지 않는 회색 눈에서 강철 같은 빛을 뿜으며 거칠게 말했다.

"세탁소 사람들이, 그녀가 어제 자동차를 타고 지나가는 것을 보았다고 했어요. 당신이랑 루가 항상 꿈꾸던 백만장자랑 함께 갔겠죠."

낸시는 처음으로 남자 앞에서 풀이 죽었다. 그녀는 가늘게 떨리는 손으로 댄의 옷소매를 잡았다.

"마치 내가 그 일과 관련 있는 것처럼 말하는군요. 당신은 나에게 그런 말을 할 권리가 없어요."

"그런 뜻이 아니었어요."

댄이 부드럽게 말하고는 조끼 주머니 속을 더듬었다. 그러고는 밝은 표정으로 말했다.

"오늘 밤 공연 티켓을 구했어요. 괜찮으시면……."

낸시는 그 용기에 감탄하며 말했다.

"함께 가요, 댄."

낸시는 3개월이 흐르고 나서 루를 다시 만났다.

황혼이 깃든 어느 날 저녁, 낸시는 작고 조용한 공원의 담장을 따라 서둘러 집으로 가고 있었다. 그녀의 이름을 부르는 것을 듣고 돌아섰는데, 루가 달려들어 그녀의 팔을 잡았다.

첫 번째 포옹을 하고 나서 그들은, 공격하거나 매혹할 준비가 된 뱀처럼 머리를 뒤로 젖히고는 재빠른 혀로 수많은 질문을 쏟아냈다. 그러고 나서 낸시는 루가 성공했다는 것을 알아차렸다. 값비싼 모피, 번쩍이는 보석, 재단사의 솜씨로 만들어진 옷으로 보아 분명했다.

루가 큰 소리로 정답게 외쳤다.

"이 바보야! 아직도 백화점에서 일하는구나. 그러니 늘 초라하지. 그런데 큰 물고기는 어찌 됐니? 아직도 못 잡은 것 같은데."

그러고 나서 루는 낸시를 바라보았고, 자신의 성공보다 더 좋은 것이 낸시에게 생겼다는 것을 알았다. 그녀의 눈에서 보석보다 더 밝게 빛나고, 그녀의 뺨에서 장미보다 더 붉게 빛나고, 그녀의 혀끝에서 나오려고 열망하는 강렬한 감정처럼 약동하는 것.

낸시가 말했다.

"그래, 나는 아직 백화점에서 일해. 하지만 다음 주에 떠날 거야. 나는 세상에서 가장 큰 사냥감을 잡았어. 루, 이제는 신경 쓰지 않겠지? 나 댄하고 결혼할 거야. 이제 그는 나의 댄이야. 괜찮지, 루?"

공원 모퉁이 둘레에서, 적어도 겉으로 보기에는 좀 더 인내심을 갖추려는 선량하고 젊은 신임 경찰관이 순찰을 돌고 있었다. 그는 값비싼 모피 코트를 입고 손에 다이아몬드 반지를 낀 채 공원의 철제 울타리에 기대어 격렬하게 흐느끼는 여자를 보았다. 그리고 가

날프고 수수한 옷차림을 한 여자가 그녀를 위로하기 위해 몸을 가까이 기울이고 있었다. 그러나 신임 경찰관은 모른 체하며 지나쳤다. 비록 야경봉으로 보도를 두드려서 그 소리가 가장 멀리 있는 별까지 들린다고 하더라도, 한 경찰관의 힘으로 이러한 문제를 해결할 수 없다는 것을 잘 알고 있었기 때문이다.

작품 들여다보기

이 작품은 젊은 여성 노동자들의 현실과 욕망을 다루고 있다.
낸시와 루는 돈을 벌기 위해 도시로 상경한 시골 처녀들로, 둘은 친한 친구 사이다. 루는 세탁소에서 다림질하며 일주일에 18달러 50센트를 받고 있어 생활이 좀 여유로운 편이고, 낸시는 백화점에서 일하면서 일주일에 겨우 8달러를 받는다.
낸시는 수입이 적지만, 백화점 고객인 상류층 사람들의 취향과 태도 등을 배울 수 있어 만족도가 높다. 그리고 백만장자를 만나서 결혼하겠다는 속물적인 목표도 가지고 있다. 루는 세탁소에서 버는 벌이에 만족하며 세탁소에서 만난 남자 친구 댄과 행복하게 지낸다. 그녀에게 단점이 있다면, 옷을 세탁하는 일을 해서 그런지 화려한 옷을 좋아하고, 댄의 후줄근한 옷에 불만이 있다는 정도이다.
그런데 어느 날, 루가 갑자기 백만장자와 함께 유럽으로 떠나버리고, 이를 알게 된 루와 댄은 친구와 연인에게 버려진 상실감을 뒤로한 채 함께 공연을 보러 간다.
결국, 그토록 백만장자를 찾던 낸시는 진정한 사랑을 얻게 되고, 남자 친구와 함께하며 행복한 일상을 살아가던 루는 백만장자를 얻게 된다. 아이러니하게도 두 사람 모두 자신이 원래 생각하던 목적을 잃었지만, 각자 자신이 추구하는 가치를 얻은 셈이다. 그리고 어떤 등불 아래에서도 루를 기다리던 댄은 루에게 버려지고 새로운 등불을 만났다. 그러니까 '손질된 등불'이라는 것은 바로 낸시를 가리키는 말로도 볼 수 있겠다.

이 작품 마지막 부분에는 루가 눈물을 흘리며 슬퍼하는 장면이 나오는데, 루는 자신이 원하는 걸 이루었음에도 왜 흐느껴 우는 것일까? 그만큼 댄과의 시간이 소중했기 때문일 것이다. 사람은 누구나 살아가면서 이런저런 선택의 순간을 맞는다. 그 선택은 자신의 몫이고, 선택에 대한 결과를 자신이 감당해야 하는 것은 당연하다. 루가 사랑을 버리고 물질적 가치를 선택했다고 해서 그것을 비난할 수만은 없다. 우리도 그런 선택을 할 가능성이 얼마든지 있으니까. 하지만 그로 인한 상처와 슬픔이 없지는 않았던 것 같다. 그러니까 루의 흐느낌은 댄에 대한 미안함, 미련, 아픔 같은 것들을 눈물에 담아 흘려보내려는 몸짓이라고 할 수 있지 않을까.

재물의 신과 사랑의 신

Mammon and the Archer, 1906

은퇴한 경영주이자 유레카 비누회사의 소유주인 앤서니 록월(Anthony Rockwall)은 그가 살고 있는 5번가 맨션에서 서재 창밖을 내다보며 못마땅한 표정을 지었다. 그의 집 오른편에 살고 있는 귀족 사교클럽 회원인 존스(Jones) 씨가 대기시켜 놓은 자동차를 타려고 나와서는, 늘 그렇듯이 록월 씨의 집 현관 앞에 있는 이탈리아 르네상스식 조각상을 보며 무례하게 코를 찡그렸기 때문이다.

전직 비누왕이 불만스럽게 말했다.

"아무것도 하지 않는 거만하고 낡은 조각상 같은 놈! 만약 그가 앞으로 계속 그런다면, 에덴박물관은 늙은 냉동 젤라틴(푸딩)을 얻을 수 있을 거야. 나는 내년 여름에 이 집을 네덜란드 국기처럼 빨간색, 흰색, 파란색으로 칠할 거야. 그런 다음 저 네덜란드 놈의 코가 더 높아질지 지켜보겠어."

그러고 나서, 벨 소리에 전혀 관심이 없던 앤서니 록월이 서재 문 쪽으로 갔다. 이어 그는 한때 캔자스 대초원에서 하늘을 가르던 목소리로 "마이크!" 하고 외쳤다.

대답하는 하인에게 앤서니가 말했다.

"아들에게 전해. 외출하기 전에 여기로 오라고."

록월 2세가 서재에 들어왔을 때, 앤서니는 신문을 옆으로 치우고는 크고 매끈하고 혈색 좋은 얼굴에 약간은 엄한 표정을 지으며 그를 바라보았다. 이어 한 손으로는 흰 머리를 긁적이고, 다른 손으로는 호주머니에 있는 열쇠를 짤랑거리며 말했다.

"리처드! 네가 쓰는 비누는 얼마짜리냐?"

대학을 졸업하고 집에 온 지 여섯 달밖에 안 된 리처드가 흠칫 놀랐다. 그는 처음 파티에 간 소녀가 어찌할지 몰라 하는 것처럼, 아버지가 왜 그렇게 묻는지 짐작하기 어려웠다.

"아버지, 제가 알기로는 12개들이 한 묶음에 6달러입니다."

"그럼 네 옷값은?"

"대체로 60달러쯤이요."

그러자 앤서니가 단호하게 말했다.

"너는 귀족이야. 요즘 젊은이들은 비누 한 묶음에 24달러를 쓰고, 옷값으로 100달러를 넘게 쓴다는데. 너는 남들 못지않게 풍족한데도 낭비하지 않고 절제하는구나. 나도 아직 유레카 비누를 사용하지만, 그건 단지 정서적인 것 때문이라기보다 그 비누가 가장 좋아서야. 10센트 좀 넘는 싼 비누들은 향기나 질이 별로지. 50센트짜리라도 유레카 비누 정도면 너와 같은 세대, 지위, 조건에 있는 젊은이들에게 적당할 거야. 내가 말했듯이, 너는 귀족이야. 사람들은 귀족이 되는 데 3대(代)가 걸린다고들 하지. 틀린 말이야. 돈만 있으면 비누처럼 매끈해질 수 있어. 돈이 너를 귀족으로 만드는 거지. 맹세코! 돈이 나도 그렇게 만들었단다. 나는 우리 집 양쪽에 사는 두 늙은 네덜란드계 신사들만큼이나 무례하고 고약하고 예의 없어졌어. 그들은 내가 자기네들 집 사이에 들어와서 잠도 편히 못 잘 거야."

그러자 리처드가 우울하게 말했다.

"돈으로 할 수 없는 일도 있어요."

앤서니가 놀란 표정으로 말했다.

"그런 말 마라. 나랑 내기 한번 할래? 나는 돈으로 살 수 없는 것을 찾아내기 위해 Y까지 백과사전을 샅샅이 뒤졌다. 그리고 다음 주에는 부록까지 살펴볼 거야. 나는 확률이 높은 쪽에 돈을 걸 거야. 돈으로 살 수 없는 것이 뭔지 말해봐."

리처드가 약간 짜증난 듯 대답했다.

"하나 있어요. 특권층의 사교계에 들어가는 것은 돈으로 살 수가 없어요."

악의 근원인 돈을 최고로 여기는 앤서니가 소리치며 말했다.

"뭐, 그럴 수 없다고? 만약 최초의 애스터(Astor)가 이곳으로 올 뱃삯이 없었다면 네가 말하는 특권층 모임이 생기기나 했겠니?"

이에 리처드는 한숨을 쉬었고, 앤서니는 목소리를 좀 누그러뜨린 채 말을 이었다.

"내가 할 말이 있어서 너를 불렀다. 요즘 너한테 뭔가 문제가 있는 것 같구나. 그걸 알아차린 지 2주쯤 됐다. 털어놔 봐. 나는 부동산을 제외하더라도 24시간 안에 1,100만 달러를 손에 넣을 수 있어. 만일 애인 문제라면, 증기선 램블러(Rambler)호가 이틀 내로 바하마로 떠날 수 있게 석탄을 가득 싣고 항구에 정박해 있다는 걸 잊지 마라."

"네, 말씀하신 그 문제가 맞아요."

그러자 앤서니가 재빨리 물었다.

"아, 그 여자의 이름이 뭐냐?"

리처드는 서재를 이리저리 걸으며, 이 투박하고 늙은 아버지가 자기를 매우 사랑하고 아낀다는 것을 믿어 의심치 않았다.

"그녀에게 말해보지 그래? 흔쾌히 받아들일 수도 있잖니. 넌 돈도 있고, 외모도 괜찮고, 품위 있는 남자니까 말이야. 그리고 여자 문제도 깨끗하고, 유레카 비누 냄새도 풍기지 않아. 네가 전문대학을 나왔지만, 그녀는 크게 신경 쓰지 않을 거야."

"기회가 없었어요."

"기회를 만들어야지. 공원에서 산책하거나, 마차를 타거나, 교회에 갔다가 그녀와 함께 집으로 걸어가거나……. 어리석기는!"

"아버지는 사교계의 물레방아를 몰라서 그래요. 그 여자는 물레방아를 돌리는 물이나 마찬가지예요. 그녀의 모든 시간은 며칠 전부터 정해져 있어요. 아버지, 저는 그녀와 함께하고 싶어요. 그러지 못하면 이 마을은 저에게 영원히 암흑 같은 늪일 거예요. 그렇다고 편지를 쓸 수도 없어요. 그렇게는 못 하겠어요."

"쯧쯧! 내가 가진 돈으로 그녀에게서 한두 시간도 얻을 수 없다는 말이냐?"

"제가 너무 오랫동안 미뤘어요. 그녀는 유럽에서 2년 동안 머물 예정으로 내일모레 배를 타고 떠날 거예요. 내일 저녁에 잠깐 그녀를 만나기로 했어요. 그녀는 지금 라치몬트(Larchmont)에 있는 숙모 집에 있는데, 제가 거기에 갈 수는 없어요. 그래서 내일 저녁 8시 30분 기차가 그랜드 센트럴(Grand Central) 역에 도착하면, 제가 마차를 가지고 만나러 가겠다고 했어요. 우리는 브로드웨이 거리를 달려 내려가 월랙(Wallack) 극장으로 갈 거예요. 그녀의 어머니와 그 일행이 극장 로비에서 우리를 기다리고 있을 거고요. 그런 상황에서 그녀가 나의 고백에 귀 기울일 수 있는 시간이 있다고 생각하세요? 아니에요. 그리고 극장에서나 또는 그 이후에도 기회가 있을까요? 아니에요, 아버지. 이렇게 얽힌 상황은 돈으로도 풀 수 없어요. 우리는 돈으로 1분도 살 수가 없으니까요. 그녀가 떠나기 전에 제 마음을 전할 시간이 없어요."

이에 앤서니가 아무렇지 않은 듯 말했다.

"얘야, 걱정하지 마라. 이제 클럽에 가 있어도 돼. 내가 어떻게든 해보마. 그러나 잊지 말거라. 때로는 돈이라는 위대한 신을 위해

절에 가서 향불을 피워야 한다는 것을. 너는 돈으로 시간을 살 수 없다고 했지? 물론 돈으로 시간을 사서 집까지 배달해 달라고 할 수는 없겠지. 하지만 나는 '시간의 신'이 금광을 돌아다니느라 발뒤꿈치에 심한 타박상을 입은 걸 본 적이 있단다."

그날 밤에 엘렌(Ellen) 고모가 찾아왔다. 그녀는 상냥하고 감성적이며, 주름살이 많고 한숨을 자주 쉬며, 부유하게 살지만 우울해한다. 앤서니는 석간신문을 보고 있었는데, 여동생 엘렌이 오자 둘은 '연인의 비애'를 주제로 이야기를 나누기 시작했다.

앤서니가 하품을 하며 말했다.

"리처드가 모든 걸 말해줬어. 나는 내 돈을 얼마든지 사용하라고 했지. 그런데 리처드는 그 말에 트집을 잡기 시작했어. 돈이 도움이 안 된다는 거야. 또 사교계의 규칙은 억만장자 한 팀이 있어도 바꿀 수 없다고 했어."

엘렌이 한숨을 쉬며 말했다.

"오, 앤서니! 돈에 너무 연연해하지 않았으면 좋겠어요. 재산은 진정한 사랑과 아무 관련이 없어요. 사랑은 전능하거든요. 리처드가 더 일찍 말했더라면……. 그 여자가 리처드를 거절하지야 않겠지만, 지금은 너무 늦었을까 봐 걱정이네요. 그녀에게 말할 기회가 없을 거예요. 그러니 돈이 리처드에게 행복을 가져다줄 수 없는 거죠."

다음 날 저녁 여덟 시에 엘렌은 좀먹은 상자에서 기이하고 오래된 금반지를 꺼내 리처드에게 주며 말했다.

"얘야, 오늘 밤에 이걸 끼고 가거라. 네 어머니가 나한테 맡긴 거란다. 네 어머니가 이걸 주면서 사랑의 행운을 가져올 거라고 했지. 네 어머니는 네가 사랑하는 사람을 만났을 때 이걸 너한테 주라고 부탁했어."

리처드는 비장하게 반지를 받아 새끼손가락에 끼었다. 그런데 반지가 손가락 두 번째 마디까지밖에 들어가지 않았다. 그는 반지를 빼서 조끼 주머니에 집어넣었다. 남자답게. 그러고 나서 그는 승객용 마차를 불렀다.

역에서 그는, 8시 32분에 정거장의 웅성거리는 군중들 틈에서 랜트리를 찾아냈다. 리처드를 보자 랜트리가 말했다.

"엄마와 다른 사람들을 기다리게 해서는 안 돼요."

그러자 리처드가 충성스럽게 마부에게 말했다.

"월랙 극장까지 되도록 빨리 가주세요!"

그들은 브로드웨이 42번가로 올라간 다음, 하얗게 별이 총총한 도로를 달려 내려왔다. 마치 석양이 은은하게 깔린 초원을 지나 아침 햇살을 받아 빛나는 바위산으로 이어지는 길을 달리는 듯했다.

리처드는 34번가에서 갑자기 마차를 툭툭 치면서 마부에게 멈추라고 했다. 그러고는 마차 밖으로 나오며 말했다.

"반지를 떨어뜨렸어요. 어머니가 남겨준 거라서 잃어버리면 안 되는 반지예요. 잠깐이면 됩니다. 어디에서 떨어졌는지 알고 있어요."

리처드는 1분도 안 되어 반지를 들고 마차로 돌아왔다. 그런데 그동안에 도시를 가로지르는 전차가 마차 바로 앞에 멈춰 섰다. 마부는 왼쪽으로 비켜 가려 했지만 커다란 우편 화물차가 가로막았다. 그래서 오른쪽으로 가려고 했는데, 이번에는 가구를 실은 화물차가 갑자기 나타나 물러서야 했다. 마부가 물러서려 할 때 말 고삐를 떨어뜨렸고, 입에서는 욕이 튀어나왔다. 그들은 차들과 말들이 서로 엉킨 혼란한 상황에 갇히고 말았다.

대도시에서는 종종 이처럼 차량들과 사람들의 이동이 갑자기 묶여버리는 거리 봉쇄 현상이 발생했다.

랜트리가 초조해하며 마부에게 물었다.

"왜 마차를 몰지 않으세요? 늦을 것 같은데……."

리처드는 마차에서 일어나 주위를 둘러보았다. 마치 26인치 허리의 여자가 22인치 벨트를 맨 것처럼, 브로드웨이 6번가와 34번가가 교차하는 넓은 공간이 짐마차, 트럭, 승용 마차, 소형 짐마차, 전차 등으로 혼잡하게 들어차 있었다. 그런 데다가 여전히 모든 길에서 차량들이 달려와 붐비는 군중과 꼼짝 못 하는 차량들 사이를 파고들면서 운전자들이 쏟아내는 아우성으로 인해 한층 더 소란하고 혼란스러웠다. 맨해튼의 모든 교통수단이 여기로 쏟아져 나와 그들 주위가 꽉 막힌 것 같았다. 인도를 따라 늘어선 수천 명의 사람들 가운데 가장 나이가 많은 뉴욕 시민도 이렇게까지 길이 막히는 것을 본 적이 없었다.

리처드가 자리로 돌아가며 말했다.

"죄송해요. 마치 갇혀 있는 것 같네요. 한 시간 안에 이 혼란이 풀릴 것 같지 않군요. 제 잘못입니다. 제가 반지를 떨어뜨리지 않았다면 우리는……."

이에 렌트리가 말했다.

"반지 좀 보여주세요. 이젠 어쩔 수 없으니, 괜찮아요. 어쨌든 극장 구경은 시시하니까요."

이날 밤 11시에 누군가가 앤서니 집의 문을 똑똑 두드렸다. 앤서니가 "들어오세요!" 하고 소리쳤다. 붉은 가운을 걸친 앤서니는 해적 모험에 관한 책을 읽고 있었다.

엘렌이었다. 그녀는 마치 실수로 지구에 남겨진 백발의 천사처럼 보였다. 그녀가 부드러운 목소리로 말했다.

"오빠! 두 사람이 약혼했어요. 여자애가 우리 리처드와 결혼하기로 맹세한 거예요. 둘이 극장에 가는 도중에 길이 막혔는데, 그곳을 빠져나오는 데 두 시간이 걸렸대요. 그러니 오빠, 다시는 돈의 힘을 자랑하지 마세요. 진실한 사랑과 끝없는 애정을 상징하는 작은 반지 때문에 리처드가 행복을 찾을 수 있었어요. 리처드가 반지를 길에 떨어뜨렸고, 그걸 찾으려고 마차에서 내렸대요. 그러고 나서 길이 꽉 막혀버린 거고요. 리처드는 길이 꽉 막혀 있는 동안 마차에서 그녀에게 사랑 고백을 하고 그녀를 얻게 된 거예요. 오빠, 돈은 진정한 사랑에 비하면 쓰레기예요."

"그래…… 리처드가 원하는 것을 얻었으니 기쁘구나. 나는 이번 일에 대해 비용을 아까지 않겠다고 말해두었지. 만일……"

"하지만 오빠, 이번 일에 돈이 무슨 소용이 있었겠어요?"

"동생아, 이 책에서 해적이 큰 곤경에 빠졌어. 그의 배는 침몰하기 시작했고, 그냥 내버려두기에는 그가 돈의 가치를 너무 잘 알고 있지. 이 대목을 계속 읽을 수 있게 해줘."

이야기를 여기서 끝내는 것이 좋겠다. 독자들도 진정으로 그렇게 되기를 바랄 것이다. 그러나 우리는 진리를 파헤치기 위해 우물 바닥까지 내려가야 한다.

다음 날, 파란 물방울무늬 넥타이를 한 켈리(Kelly)라는 사람이 앤서니 집에 찾아왔고, 즉시 서재에 이르렀다.

앤서니가 수표책에 손을 뻗으며 말했다.

"좋은 드라마였어. 어디 보자…… 내가 현금 5천 달러를 주었었지?"

이에 켈리가 말을 이었다.

"제 돈으로 300달러를 더 지불했습니다. 예상보다 좀 더 들었어요. 우편 화물차와 승객용 마차는 5달러에 샀지만, 트럭과 두 마리 말이 끄는 큰 마차는 10달러가 들었어요. 운전수들은 10달러를 원했고, 짐을 실은 팀 가운데 일부는 20달러를 원했어요. 그러나 무엇보다 경찰들 때문에 힘들었어요. 두 사람에게 50달러, 그리고 나머지 사람들에게는 20달러와 25달러씩 지불했어요. 그런데 일이 잘 되지 않았나요? 저는 윌리엄 브래디(William A. Brady)* 가 이번 교통 소동 장면에 등장하지 않아서 다행입니다. 윌리엄이 샘이 나서 마음을 다치는 것을 원하지 않았거든요. 그리고 두 번 다시 이렇게는 못 할 거예요. 사람들은 단 1초도 틀리지 않고 시간을 정확히 지켰어요. 두 시간 동안 뱀 한 마리도 지나가지 못했으니까요."

앤서니가 수표 한 장을 뜯어내며 말했다.

"1300달러…… 여기 있네, 켈리. 주기로 했던 1000달러와 자네가 쓴 300달러. 자네는 돈을 경멸하지 않겠지?"

"저요? 저는 가난을 발명한 사람을 때려주고 싶네요."

앤서니는 켈리가 문 앞까지 갔을 때 그를 불러세우고는 말했다.

"자네는 정체된 그곳에서 벌거벗은 뚱뚱한 소년처럼 생긴 자가 활을 가지고 여기저기 쏘고 있는 것을 보지 못했을 거야. 그렇지?"

그러자 켈리가 의아해하며 말했다.

"그래요? 못 봤습니다. 그런 자가 있었다면 제가 도착하기 전에 경찰의 손에 잡혔을 겁니다."

앤서니가 빙그레 웃으며 말했다.

"나도 그 작은 악동이 가까이 있지 않았을 거라고 생각하네. 잘

• **윌리엄 브래디**(William A. Brady) 1863-1950. 미국 뉴욕 출신의 연극배우이자 프로듀서.

가게, 켈리."

작품 들여다보기

이 작품은 비누회사 창업주인 앤서니 록월이 그가 가진 돈의 힘으로 아들이 원하는 사랑을 이루어준 이야기다.
앤서니 록월은 돈을 숭배하고 찬양하며 돈으로 무엇이든 할 수 있다고 믿는 인물이다. 이에 반해 그의 아들 리처드는 이런 아버지의 생각을 경멸하기까지 하며, 돈으로 할 수 없는 것들도 얼마든지 있다고 여긴다. 왜냐하면 그가 원하는 사랑도, 그 마음을 전할 시간도 돈으로 살 수 있는 것이 아니기 때문이다.
록월은 돈을 중요시하긴 하지만 아들을 끔찍이 사랑하고 아끼는 아버지이기도 하다. 그래서 아들이 원하는 것을 얻을 수 있기를 바랐고, 그래서 돈으로 아들이 고백할 시간을 만들어주었다. 그렇지만 이는 온전히 돈의 힘만이 작용한 것은 아닐 것이다. 이야기 전개에서 주요하게 다루어지는 소재가 바로 '어머니의 반지'인데, 이 반지 또한 둘의 사랑이 이루어지게 하는 데 중요한 역할을 해주었다.
록월은 돈의 힘으로 아들에게 고백할 시간을 만들어주었고, 큐피드 따위의 어떤 다른 힘이 작용했을 가능성은 없다고 여긴다. 그러나 엘렌 고모는 돈이 사랑을 이루는 데 어떠한 역할도 할 수 없으며, 사랑을 이루어주는 힘을 지닌 반지가 둘을 이어준 것이라 생각한다. 하지만 록월이 반지에 담긴 의미를 알았다면, 그리고 엘렌이 록월의 계획을 알았다면, 두 가지 모두가 작용한 결과임을 믿어 의심치 않았을 것이다.
이렇게 본다면, 자식을 위한 부모의 마음이 한데 얽혀 사랑의 열매를 맺게 한 셈이다.

경찰관과 찬송가

The Cops and the Anthem, 1904

소피(Soapy)는 매디슨 스퀘어 공원의 벤치에서 불안해하고 있었다. 밤하늘에 기러기들이 끼룩끼룩 울며 날고, 물개 가죽 코트가 없는 여자들이 남편에게 더 애교를 부리고, 소피가 공원 벤치에서 불안해하고…… 이런 때면 겨울이 가까이 온 것을 알 수 있다.

소피의 무릎에 낙엽이 떨어졌다. 그것은 잭 프로스트• 씨의 명함이었다. 잭은 매디슨 스퀘어를 찾아오는 사람들에게 친절하게도, 해마다 이곳에 올 때 어김없이 예고를 한다. 네거리의 모퉁이에서 그는 '실외'라는 대저택의 수위인 북풍 씨에게 명함을 건네준다. 그래서 주민들은 (찬 바람이 불면) 겨울을 준비하게 된다.

소피는 다가올 혹독한 추위에 대비해야 할 때가 왔음을 알았다. 그래서 벤치에만 있을 수 없었다. 소피가 바라는 월동 계획은 사치스러운 것이 아니었다. 이를테면 유람선을 타고 지중해를 여행한

• **잭 프로스트**(Jack Frost) '서리'를 의인화한 표현. 여기서는 '겨울'이라는 뜻으로 쓰임.

다거나, 배를 타고 따스한 남쪽 나라에 가서 여유를 즐기고 싶다는 것이 아니다. 그는 섬(교도소가 있었던 뉴욕의 이스트강에 있는 작은 섬)에서 석 달을 지내는 것을 간절히 바랐다. 식사와 침대와 마음 맞는 사람들이 있고, 북풍과 경찰관들로부터의 안전을 보장하는 3개월이 소피가 가장 원하는 것이었다.

몇 년 동안, 쾌적한 블랙웰(Blackwell) 섬에 있는 교도소가 그의 겨울철 숙소였다. 겨울철마다 소피보다 더 운이 좋은 동년배 뉴욕 시민들이 팜 비치나 리비에라로 가는 표를 사는 것처럼, 소피도 겨울을 피해 섬으로 들어가기 위한 초라한 준비를 했다.

그리고 이제 때가 왔다. 어젯밤에는 세 장의 일요일판 신문을 그의 코트 아래, 발목 주위, 무릎 위에 덮고 잤는데, 오래된 광장의 분수대 옆 벤치에서는 도저히 추위를 견딜 수가 없었다. 그래서 섬이 소피의 마음에 때마침 번뜩 떠오른 것이다. 그는 지방자치단체에서 불우한 이웃을 위해 '자선'이라는 이름으로 만들어진 대책들을 경멸했다. 소피가 생각하기로는 자선 활동보다는 법이 더 친절했다. 당장이라도 간편하게 생활할 수 있는 숙소와 음식을 제공하는 지방자치단체나 자선단체 시설들이 아주 많았다. 그러나 소피처럼 자존심이 강한 사람에게는 자선단체의 선물들이 내키지 않았다. 공짜인 대신, 자선 사업으로 받는 모든 혜택에는 정신적 굴욕감이 따랐기 때문이다. 카이사르에게 브루투스가 있었듯이, 자선 침대에 눕기 위해서는 목욕이라는 대가를 치러야 했고, 빵 한

덩이를 먹으려면 사적이고 개인적인 심문 절차가 필요했다. 그렇기 때문에 차라리 법의 손님이 되는 것이 더 낫다. 법은 규칙에 따라 행해질 뿐 사사로운 일에 부당하게 간섭하지 않으니까.

섬으로 가기로 결심한 소피는 즉시 그 일을 실행하려고 했다. 쉬운 방법이 많았지만, 가장 즐거운 것은 비싼 레스토랑에서 호화로운 식사를 하는 것이었다. 그런 다음, 돈이 없다고 말하고는 조용히 경찰에게 잡혀가면 된다. 나머지는 치안판사가 처리할 것이다.

소피는 벤치에서 일어나 공원 밖을 산책하다가 브로드웨이와 5번가가 교차하는 평평한 아스팔트 길을 가로질러 걸었다. 그리고 브로드웨이에서 방향을 틀어 화려한 레스토랑 앞에 멈춰 섰다. 밤마다 잘 차려입은 활기 넘치는 사람들이 최고급 포도주를 맛보기 위해 모여드는 곳이었다.

소피는 일단 상체 쪽에는 자신감이 있었다. 면도도 했고 외투도 단정했으며, 추수감사절에 한 여선교사가 선물한 깔끔한 검은색 넥타이도 매고 있었다. 그가 레스토랑 안의 테이블에 가서 앉을 수만 있다면 그의 계획은 확실히 성공할 것이다. 테이블 위로 드러나는 차림새로만 본다면 웨이터가 전혀 의심하지 않을 것이기 때문이다. 소피는 구운 청둥오리에 프랑스산 백포도주 한 병과 까망베르 치즈, 식후 커피 한 잔과 시가를 생각했다. 시가는 1달러짜리면 충분하다. 다 합쳐도 레스토랑 관리자에게 심한 응징을 당할 정도로 큰 금액은 아니었으며, 오리고기는 그가 겨울 피난처로 여행을 떠나기 전에 그를 배부르고 행복하게 해줄 것이다. 그러나 소피가 레스토랑 문으로 들어서는 순간, 수석 웨이터의 눈길이 그의 해어진 바지와 낡은 신발에 가 닿았다. 이어 드세고 민첩한 손이 그를 돌려세웠고, 말없이 재빠르게 그를 밖으로 데려갔다. 그리고 위험했던 청둥오리도 불명예스러운 운명을 피하게 되었다.

소피는 브로드웨이를 벗어났다. 섬으로 가기 위한 첫 번째 방법은 실패하고 말았다. 다른 방법을 찾아야 했다.

6번가의 한 모퉁이에 전등이 밝혀진 쇼윈도가 보였고, 쇼윈도 너머에는 아기자기하게 진열된 상품들이 눈길을 끌었다. 소피는 돌멩이를 집어 들더니 쇼윈도를 향해 힘껏 던졌다. 사람들이 모퉁이를 돌아서 달려왔고, 경찰관이 맨 앞에 서 있었다. 소피는 주머니에 손을 넣은 채 가만히 서서 경찰관 제복에 달린 금속 단추를 보고 미소를 지었다. 경찰관이 흥분해서 물었다.

"이 짓을 한 놈은 어디로 갔습니까?"

소피는 행운을 맞이하듯 친절하게 말했다.

"내가 이 짓을 했을지도 모른다고 생각하지는 않나요?"

경찰관은 소피에게서 단서를 잡으려는 생각이 없었다. 유리창을 깨뜨리는 놈들 가운데 경찰들과 협상하기 위해 그 자리에 남아 있는 경우는 거의 없기 때문이다. 그런 놈들은 바로 도망치기 마련이다. 경찰관은 저만치에서 한 남자가 차를 잡으려고 달려가는 것을 보고는 경찰봉을 들고 쫓아갔다. 소피는 다시 한번 실망한 채

혼자 어슬렁거렸다. 두 번째 실패였다.

길 건너편에는 평범한 식당이 하나 있었다. 그곳은 양도 많은 데다 그리 비싸지도 않았다. 식기들과 분위기는 괜찮은 편이지만 수프와 식탁보는 별로였다. 소피는 지저분한 신발과 허름한 바지를 입었지만 아무렇지 않게 들어갈 수 있었다. 그는 테이블에 앉아서 비프스테이크, 두툼한 팬케이크, 도넛, 파이를 먹고 나서 웨이터에게 자신은 빈털터리라고 털어놓았다. 그러고는 이렇게 말했다.

"자, 어서 빨리 경찰을 불러. 신사를 기다리게 하면 안 되지."

그러자 웨이터가 버터케이크 같은 목소리로 맨해튼 칵테일의 체리 같은 눈을 하고는 말했다.

"너 같은 놈은 경찰도 필요 없어. 이봐, 콘!"

두 명의 웨이터가 매정하게 소피를 내던졌고, 소피는 길바닥에 왼쪽 귀부터 부딪히며 떨어졌다. 그는 목수들이 사용하는 접는 자처럼 관절 하나하나를 뻗으면서 일어나 옷에 묻은 먼지를 털었다. 경찰에게 체포되는 것은 장밋빛 꿈에 지나지 않는 것 같았고, 섬은 아득히 먼 것처럼 느껴졌다. 두어 집 정도 떨어진 약국 앞에 서 있던 경찰관이 웃으며 길을 걸어 내려갔다.

소피는 다섯 블록을 이동하고 나서 다시 용기를 내어 체포당할 짓을 저지르려 했다. 이번에는 좀 민망하지만 확실한 방법이라고 생각하는 일을 실행할 생각이었다. 세련되고 밝은 모습의 한 젊은 여성이 쇼윈도 앞에 서서 면도용 컵과 잉크스탠드를 호기심 어린 눈으로 바라보고 있었다. 그리고 거기서 2미터쯤 떨어진 곳에 엄숙한 표정의 덩치 큰 경찰관이 소화전에 기대어 서 있었다.

이번에는 비열하고 추잡한 난봉꾼 역할을 하는 것이 소피의 계획이었다. 세련되고 우아한 외모를 지닌 희생자가 있고, 가까이에는 충직한 경찰관이 있다. 소피는 곧 겨울 숙소가 되어줄 작은 섬에 들어갈 수 있도록 경찰관이 흔쾌히 자신의 팔을 붙잡을 것임을 믿어 의심치 않았다. 소피는 여선교사가 선물해 준 넥타이를 곧게 펴고, 옷소매를 끌어내려 단정히 했다. 그러고는 모자를 비스듬히 비껴 쓰고 젊은 여자에게 다가가 추파를 던지면서 '에헴' 하며 헛기침을 했다. 이어 미소를 짓고 능글맞게 웃으며 뻔뻔하고 경멸스러운 난봉꾼처럼 장황하게 말을 걸어댔다. 하지만 경찰관은 꼼짝도 하지 않고 소피를 지켜보기만 했고, 젊은 여자는 몇 걸음 물러나 다시 면도용 컵에 온통 주의를 기울였다. 소피는 대담하게 그녀 옆으로 다가가 모자를 들어 올리며 말했다.

"아, 베델리아! 우리 집 마당에 놀러 가지 않을래?"

경찰관은 여전히 지켜보고만 있었다. 괴롭힘당하는 젊은 여자가 경찰관에게 손짓만 한다면 소피는 이제 그의 안식처로 갈 수 있었다. 소피는 이제 곧 경찰서의 아늑한 온기를 느낄 수 있을 거라고 생각했다. 그런데 그 젊은 여자가 소피를 향해 손을 뻗어 그의 외투 소매를 붙잡고는 기쁜 듯이 말했다.

"물론이죠, 마이크! 맥주 한 잔만 사주신다면요. 나도 더 일찍 말을 걸고 싶었는데, 경찰이 지켜보고 있어서요."

소피는 떡갈나무에 달라붙어 있는 담쟁이덩굴 같은 역할을 맡은 젊은 여자와 함께 침울한 기분으로 경찰관을 지나쳐 갔다. 소피는 자유를 누릴 운명인 것 같았다. 다음 모퉁이에서 소피는 여자를 뿌리치고 달렸다. 그리고 밤에 가장 밝은 거리, 연인들, 맹세, 오페라 극장이 있는 곳에서 발걸음을 멈췄다.

모피 코트를 입은 여자들과 두꺼운 외투 차림의 남자들이 겨울의 차가운 공기 속에서 유쾌하게 움직였다. 소피는 자신이 끔찍한 마법에 걸려 체포되지 않을 거라는 두려움에 사로잡혔다. 그런 생각이 들자 좀 아찔해졌다. 그러나 화려한 극장 앞에서 오만하게 빈둥거리고 있는 다른 경찰관을 보았을 때, 그는 '경범죄'라는 지푸라기를 곧바로 잡았다.

소피는 길거리에서 고함을 지르며 술주정꾼처럼 횡설수설하기 시작했다. 그는 춤을 추거나 울부짖거나 미친 척하면서 소란을 일으켰다. 경찰관은 경찰봉을 빙빙 돌리며 소피에게서 등을 돌린 채 시민들에게 말했다.

"그는 예일대학 학생이에요. 하트퍼드 대학에게 무실점으로 이긴 것을 축하하는 거랍니다. 시끄럽긴 하지만 해를 끼치지는 않아요. 우리는 그들을 내버려두라는 지시를 받았습니다."

또 실망한 소피는 소용없는 소동을 멈췄다. 그는 무슨 짓을 하든 체포되지 않는 것일까? 그 섬은 소피의 바람만으로는 도달할 수 없는 이상향인 것 같았다. 그는 쌀쌀한 바람을 맞으며 얇은 외투의 단추를 채웠다.

소피는 담배 가게에서 잘 차려입은 남자가 시가에 불을 붙이는 것을 보았다. 문 옆에는 그 남자가 놓아둔 비단 우산이 있었다. 소피는 안으로 들어가 우산을 집어 들고 천천히 걸어 나왔다. 그 남자가 급히 뒤따라 나오며 엄한 목소리로 말했다.

"내 우산을 왜 가져가는 거야?"

소피는 비웃으며 좀도둑질에다 모욕적인 말까지 더했다.

"그럼 경찰을 부르던가! 내가 당신의 우산을 가져갔어. 왜 경찰을 부르지 않는 거야? 길모퉁이에 경찰 하나가 서 있다고."

우산 주인은 걸음을 늦추었고, 소피도 행운이 자신에게 불리하게 작용할 것임을 예감하면서 걸음을 늦추었다. 경찰관은 두 사람을 의아하게 바라보고 있었다. 우산 주인이 말했다.

"물론…… 그래요, 이런 실수가 왜 일어나는지 아시잖아요? 저는…… 이것이 당신의 우산이라면 죄송합니다. 오늘 아침에 식당에서 주웠어요. 당신 우산이 맞다면 가져가셔야죠."

이에 소피가 거칠게 말했다.

"당연히 내 것이지!"

우산 주인이었던 남자가 물러섰다. 경찰관은 오페라용 망토를 걸친 키 큰 금발머리 여자가 두 블록 떨어진 곳에서 다가오는 전차를 피해 길을 건널 수 있도록 돕기 위해 서둘러 갔다.

소피는 도로 공사 때문에 파헤쳐진 길을 따라 동쪽으로 걸어갔다. 그는 분노에 차서 구덩이에다 우산을 던져버렸다. 그는 헬멧을 쓰고 경찰봉을 들고 다니는 남자들을 못마땅해하며 투덜거렸다. 왜냐하면 그는 그들에게 체포되기를 원했는데, 그들은 그를 아무런 잘못도 없는 왕처럼 여기는 것 같았기 때문이다.

마침내 소피는 화려하지도 소란스럽지도 않은 동쪽의 어느 거리에 이르렀다. 집이 공원 벤치라 하더라도 귀소 본능은 살아 있어서, 소피는 매디슨 스퀘어 공원 쪽으로 고개를 돌렸다. 그리고 너무나도 조용한 한 곳에서 걸음을 멈췄다. 이곳에는 낡은 교회가 있었는데, 예스럽고 불규칙한 모양에다가 박공지붕으로 되어 있었다. 보랏빛으로 물든 창문을 통해 은은한 불빛이 새어 나오고 있었다. 안에서는 오르간 연주자가 안식일 찬송가를 연습하기 위해 건반을 쳐보고 있는 것이 틀림없었다. 감미로운 음악이 소피의 귀에까지 흘러나와, 둘둘 말린 철제 울타리에 그를 붙잡아 두었다.

하늘에는 달이 빛나고 고요했으며, 차도 지나가는 사람도 거의 없었고, 참새들이 처마에서 나른하게 지저귈 뿐이었다. 소피는 얼핏 그곳이 시골의 교회 묘지 같다고 생각했다. 오르간 연주자가 연주한 찬송가는 소피를 철제 울타리 쪽으로 끌어당겼다. 그 찬송가는 소피의 삶에 어머니, 여자, 야망, 친구, 티 없이 깨끗한 생각과 옷깃 같은 것들이 함께할 때 알았던 노래이기 때문이다.

소피의 감성적인 마음 상태와 낡은 교회에서 받은 인상이 결합

되어 그의 영혼에 갑작스럽고 놀라운 변화가 일어났다. 그는 자신이 굴러떨어진 구렁텅이의 참상과 자신의 존재를 형성해 온 타락한 나날, 무가치한 욕망, 쓸데없는 희망, 망가진 재능, 비열한 동기 등을 순식간에 되돌아보았다.

그리고 순간적으로 그의 마음은 이 새로운 감정에 짜릿하게 반응했다. 즉각적이고 강한 충동이 일어나 그를 절박한 운명과 싸우게 만들었다. 그는 자신을 진흙탕에서 끌어내어 다시 자신을 인간답게 만들고, 자신을 사로잡은 악을 정복하고 싶어졌다. 시간이 있었다. 그는 아직 젊으니까. 그는 이제 간절했던 예전의 마음을 되살려 흔들림 없이 나아갈 것이다.

그 엄숙하지만 감미로운 오르간 연주는 그에게 혁명을 불러일으켰다. 내일 그는 시끄러운 시내로 가서 일자리를 찾을 것이다. 한 모피 수입업자가 그에게 운전사 자리를 제안한 적이 있었는데, 소피는 내일 그 수입업자를 찾아가 일자리가 아직 있는지 물을 것이다. 그는 이제 세상 속에서 어엿한 사람이 될 것이다.

소피는 누군가가 자신의 팔을 잡는 것을 느꼈다. 얼른 돌아보니, 얼굴이 큰 경찰관이었다. 경찰관이 물었다.

"여기서 지금 뭘 하고 있는 겁니까?"

"아무것도 아닙니다."

"그럼 좀 따라오세요."

다음 날 아침, 경찰법원에서 치안판사가 말했다.

"섬에서 3개월!"

작품 들여다보기

이 작품은 노숙자 신세인 주인공이 겨울을 나기 위한 안식처(교도소가 있는 섬)에 들어가기 위한 과정을 담고 있다.
주인공인 소피는 경찰에게 체포되어 따뜻한 교도소에 갇히기 위해 소소한 범죄들을 계획한다. 그러나 매번 일이 틀어져 체포당하지 못하고, 그러다 어느 낡은 교회에서 자신의 지난 삶을 떠올리며 떳떳이 살아가고자 하는 마음을 먹는다. 그런데 하필이면 그 순간, 얄궂은 운명처럼 소피는 경찰에 붙들려 애초에 바랐던 '섬'으로 보내지게 된다.
이 소설은 마치 '머피의 법칙' 같은 소피의 이야기로, 노숙자들의 절망적인 삶과 그들이 사회에서 직면하는 어려움을 보여준다.
가난하고 굶주린 사람들, 특히 노숙 생활을 하며 힘겹게 살아가는 사람들에게는 세상 자체가 감옥과 다를 바 없을 것이다. 아니, 차라리 감옥이 더 살기 좋은 곳일 수도 있다. 비록 자유가 억압되는 환경이긴 하지만, 어쨌든 의식주는 해결되는 곳이니까. 그래서 소피도 겨울을 나기 위해 감옥에 갈 생각을 한 것이다. 일반인들이라면 전과자가 되는 것을 사회적 죽음 정도의 큰일로 받아들이겠지만, 소피처럼 차가운 공원 벤치에서 겨울을 나야 한다면 상황이 다르다. 소피 입장에서는 가장 합리적이고 적절한 선택일 수 있다. 왜냐하면 소피에게는 '범죄자가 되느냐, 안 되느냐'가 중요한 것이 아니라 '겨울을 따뜻하게 날 수 있느냐, 없느냐'가 가장 중요한 문제이기 때문이다.
그러던 소피가 교회에서 찬송가를 듣고 나서 깨달음을 얻는다. 그러면서 소피의 판단 기준도 '노숙자'에서 '일반인'으로 바뀐다. 아름다웠던 일상을 되찾고 싶은 일반인으로. 그러나 이야기는 소피가 감옥으로 보내지는 것으로 끝이 난다. 하지만 소피는 더 이상 이야기의 처음에서와 같은 사람이 아니다. 그는 인격의 변화를 경험했고, 이제 그의 삶도 바뀔 것이다.

세계문학을 읽다 9

오 헨리를 읽다

1판 1쇄 발행일 2023년 7월 17일

지은이 원혜령

발행인 김학원
발행처 (주)휴머니스트출판그룹
출판등록 제313-2007-000007호(2007년 1월 5일)
주소 (03991) 서울시 마포구 동교로23길 76(연남동)
전화 02-335-4422 **팩스** 02-334-3427
저자·독자 서비스 humanist@humanistbooks.com
홈페이지 www.humanistbooks.com
유튜브 youtube.com/user/humanistma **포스트** post.naver.com/hmcv
페이스북 facebook.com/hmcv2001 **인스타그램** @humanist_insta

편집책임 문성환 **편집** 윤무재 **디자인** 이수빈
용지 화인페이퍼 **인쇄** 삼조인쇄 **제본** 해피문화사

ISBN 979-11-7087-022-7 44800
979-11-6080-836-0 (세트)